Contemporánea

**Mijaíl Afanásievich Bulgákov** (1891-1940) nació en Kiev, Imperio ruso (actual Ucrania), y estudió medicina aunque renunció al ejercicio a favor de la creación literaria. Entre sus primeras obras destacan *Maleficios* (1925), *Corazón de perro* (1925) y *Morfina* (1927). El reconocimiento le llegó con la novela *La guardia blanca* (1925), que posteriormente fue dramatizada con el título *Los días de los Turbín* (1926). Se enfrentó por ello a la crítica oficial por su favorable retrato de un grupo de oficiales antibolcheviques durante la guerra civil y por la falta de un héroe comunista. Aunque sus obras disfrutaban de gran popularidad, su sátira de las costumbres soviéticas le valió la prohibición de publicar a partir de 1929. Su obra más conocida, *El maestro y Margarita* (que no se publicó en la Unión Soviética hasta 1966) fue escrita entre 1929 y 1940, año de la muerte del autor. La fama de Bulgákov se vio reforzada a partir de 1962 por la publicación póstuma de sus novelas, obras teatrales y la biografía *Vida del señor Molière*.

# Mijaíl Bulgákov

## Los huevos fatales

Traducción de
Silvia Serra

DEBOLS!LLO

Papel certificado por el Forest Stewardship Council®

Título original: *Роковые яйца*

Primera edición: abril de 2026

© 2026, Penguin Random House Grupo Editorial, S. A. U.
Travessera de Gràcia, 47-49. 08021 Barcelona
© Silvia Serra, por la traducción
Diseño de la cubierta: Penguin Random House Grupo Editorial / Marta Pardina
Imagen de la cubierta: © Edmon de Haro
Fotografía del autor: © Cordon Press

*Printed in Spain* – Impreso en España

ISBN: 978-84-663-7818-5
Depósito legal: B-2.545-2026

Compuesto en M. I. Maquetación, S. L.

Impreso en Black Print CPI Ibérica
Sant Andreu de la Barca (Barcelona)

P 378185

# Índice

# 1

## El *curriculum vitae* del profesor Pérsikov

En la tarde del 16 de abril de 1928, el profesor Pérsikov, catedrático de Zoología de la IV Universidad Estatal y director del Instituto Zoológico de Moscú, sito en la calle de Herzen, entró en su despacho y encendió la luz. Al instante se iluminó la lámpara deslucida del techo y el profesor miró alrededor.

Debemos considerar esa tarde fatal el principio de aquella terrible catástrofe, así como debemos considerar al profesor Vladímir Ipátievich Pérsikov el causante principal de tal catástrofe.

El profesor tenía exactamente cincuenta y ocho años. Su cabeza ofrecía un aspecto insólito. Era algo alargada, en forma de maza, y completamente calva, sin más cabello que dos mechones tiesos y amarillentos que se erguían a ambos lados. En su rostro, pulcramente afeitado, destacaba el labio inferior, protuberante, lo cual prestaba a la fisonomía de Pérsikov cierto aire caprichoso. Sobre su nariz colorada, cabalgaban unas gafas con montura de plata y tan diminutas como anticuadas. Tenía unos ojillos pequeños y brillantes. Era de estatura bastante alta y algo cargado de hombros. El profesor tenía una voz estridente, aguda y chillona, y una de sus rarezas era la siguiente: cuando decía algo con seguridad y pleno conocimiento de causa, doblaba el índice de la mano derecha en forma de gancho, al tiempo que entornaba los ojos. Pero como Pérsikov siempre hablaba con seguridad y aplomo, porque sus conocimientos profesionales eran realmente extraordinarios, el consabido gancho solía aparecer con mucha frecuencia ante los ojos de sus interlocutores. Sobre asuntos ajenos a lo que dominaba, que abarcaba la Zoología, Anatomía, Embriología, Botánica y Geografía, el profesor apenas hablaba.

El profesor Pérsikov no leía periódicos ni iba al teatro. Su mujer lo había abandonado en 1913, al fugarse con un tenor de ópera dejándole una nota que rezaba así: «Tus ranas me producen náuseas y una repugnancia insoportable. Por su culpa, seré desgraciada toda mi vida».

Pérsikov no se volvió a casar y no tenía hijos. Era de carácter muy irascible, pero se calmaba pronto. Le gustaba tomar té con arándanos y vivía en la calle Prechístenka, en un piso de cinco habitaciones, una de las cuales la ocupaba su ama de llaves, Maria Stepánovna, una viejecita enjuta que cuidaba del profesor como un aya.

En 1919, al profesor le quitaron tres de sus cinco habitaciones. Entonces le anunció a Maria Stepánovna:

—Si semejantes atropellos prosiguen, me marcharé al extranjero.

Es indudable que al profesor, de haber llevado a cabo su plan, le habría sido fácil encontrar empleo en la cátedra de Zoología de cualquier universidad del mundo, pues era un científico de primera clase, y, en cuanto a sus conocimientos en materia de anfibios o de batracios, no había quien pudiera comparársele, a excepción de los profesores William Weckle, de Cambridge, y Giacomo Bartolomeo Beccari, de Roma. El profesor leía en cuatro idiomas, además del ruso, dos de los cuales, el francés y el alemán, los hablaba como un nativo. Pérsikov no llegó a realizar sus planes acerca de irse al extranjero, y el año 1920 resultó ser aún peor que el anterior. Los acontecimientos se sucedían uno tras otro. Rebautizaron la calle Bolshaia Nikítskaia con el nombre de Herzen, el reloj empotrado en la pared del edificio que formaba la esquina de las calles Herzen y Mojovaia se paró a las once y cuarto, y, finalmente, en el terrario del Instituto de Zoología se murieron ocho magníficos ejemplares de rana de zarzal, incapaces de soportar las tribulaciones de aquel famoso año 1920. A estos les siguieron otros quince ejemplares de sapo vulgar y, por fin, también un espécimen único y extraordinario de sapo de Surinam.

Tras esto y siguiendo los mismos pasos de los sapos, que habían dejado desierto el orden de anfibios llamados con propiedad «anuros», pasó a mejor vida el que fuera bedel, durante tantos años, del instituto, el viejo Vlas, aunque no perteneciera a la especie de los batracios. Sin embargo, la causa del óbito fue la misma que la de los pobres anfibios, y Pérsikov no dudó en definirla:

—¡Desnutrición!

El científico tenía toda la razón, pues Vlas debía alimentarse de harina, y los sapos, de los gusanillos que nacen en ella, pero, al agotarse aquella, desaparecieron también estos. En vista de lo cual Pérsikov decidió someter a los veinte ejemplares de rana de zarzal que le quedaban a un nuevo régimen alimenticio a base de cucarachas. Pero resultó que también estas habían desaparecido, manifestando de esa manera su aversión al comunismo de guerra. Así fue como estos últimos ejemplares también fueron a parar a la letrina del patio del instituto.

No hay palabras para describir la desesperación de Pérsikov ante tantas muertes, y especialmente la del sapo de Surinam. De todas ellas acusó al comisario del pueblo de la Instrucción Pública.

En uno de los pasillos del instituto, por el que soplaba una endemoniada corriente de aire, Pérsikov, equipado con gorro y chanclos, le decía a su ayudante Ivanov, un caballero elegante de barba puntiaguda y rubia:

—¡Matarlo sería poco para ese comisario, Piotr Stepánovich! Pero ¿qué hace esta gente? ¡Van a acabar con todo el instituto! ¿Qué le parece? Oh, aquel ejemplar macho de pipa americana, ¡extraordinario, único, de trece centímetros de largo…!

Después, las cosas fueron de mal en peor. Con la muerte de Vlas, las ventanas del instituto se cubrieron de hielo por ambas superficies, especialmente la interior, donde el hielo llegó a formar una gruesa capa de dibujo afiligranado. Murieron todos los conejos, zorros, lobos, peces, así como todas las culebras de collar. Pérsikov se pasaba días enteros sin pronunciar palabra. Después enfermó de pulmonía, pero no murió. Ya restablecido, acudía dos veces por semana al instituto, en cuya aula circular pronunciaba un ciclo de conferencias sobre el tema «Los reptiles de las regiones tropicales», ante un auditorio de ocho personas. Dicha aula circular tenía la peculiaridad de mantener una temperatura constante de cinco grados bajo cero, independientemente del frío que hiciese en la calle, razón por la cual Pérsikov acudía equipado con chanclos, bufanda y gorro de piel con orejeras, exhalando a cada palabra bocanadas de vaho. Pérsikov pasaba el resto del tiempo en su piso de la calle Prechístenka, en su habitación atestada de libros hasta el techo. Solía tumbarse en el diván; tapado con una manta de viaje, tosía de vez en cuando mientras recordaba al sapo de Surinam contemplando las llamas que despedía por sus fauces una pequeña estufa, alimentada por Maria Stepánovna a base de la sillería dorada que había en el piso.

Pero, como todo en este mundo tiene un fin, también llegó a su fin 1920, y luego 1921. Al llegar 1922, se observó cierto movimiento inverso. En primer lugar, en sustitución del difunto Vlas apareció Pankrat, nuevo bedel del Zoológico, un hombre joven pero prometedor. Además, de vez en cuando empezaron a encender la calefacción del instituto. Aquel verano Pérsikov, con ayuda de Pankrat, logró capturar catorce ejemplares de sapo vulgar en las orillas del Kliazma, y así volvía a bullir la vida en los terrarios del instituto. En 1923 ya eran ocho las conferencias semanales que pronunciaba Pérsikov, tres en el instituto y cinco en la universidad. En 1924, el número de las mismas aumentó hasta trece, además de las que pronunciaba en las escuelas obreras, y en la primavera de 1925 el profesor se hizo famoso al suspender en los exámenes a setenta y seis estudiantes: todos cayeron en el tema de los anfibios.

—¡Cómo!, ¿no sabe usted en qué se diferencian los anfibios de los reptiles? —preguntaba Pérsikov—. Eso es ridículo, joven. Los anfibios no tienen riñones. Es decir, carecen de ellos. Sí, señor. Debería avergonzarse. Seguro que es usted marxista, ¿no?

—Sí, soy marxista —respondía cabizbajo el estudiante suspendido.

—Muy bien, pues vuelva usted en otoño —le anunciaba cortésmente Pérsikov, y con nuevos bríos gritaba a Pankrat—: ¡Que pase el siguiente!

De la misma manera que reviven los anfibios al caer una abundante lluvia tras una larga sequía, así revivió el profesor Pérsikov en 1926, cuando una compañía mixta ruso-estadounidense construyó en el centro de Moscú, empezando por la esquina formada por el callejón Gazetny y la calle Tverskaia, quince bloques de viviendas de quince pisos, amén de otros trescientos bloques más con capacidad para ocho apartamentos cada uno, que edificó para los obreros en las afueras de la ciudad. Así se acabó de una vez y para siempre aquella crisis de vivienda, tan agobiante como ridícula, que padecieron los moscovitas entre los años 1919 y 1925.

Realmente, fue aquel un verano maravilloso en la vida de Pérsikov. A veces se frotaba las manos con una risita satisfecha y silenciosa, recordando los tiempos en que él y Maria Stepánovna vivían encajonados en dos habitaciones. Al profesor le habían devuelto las cinco habitaciones de su piso, en las cuales pudo instalar cómodamente su biblioteca, de más de dos mil volúmenes, sus animales disecados, sus preparados y diagramas. Sobre la mesa del despacho volvió a encenderse una lámpara de pantalla verde.

El instituto también estaba irreconocible. Habían pintado las paredes de color crema. Llevaron el agua directamente hasta la estancia de los anfibios por una tubería especial, y se sustituyeron todos los cristales por espejos. Además, recibieron cinco microscopios nuevos, numerosas mesas de cristal para disecciones, lámparas de arco de dos mil amperios, reflectores e incluso vitrinas para el museo.

Pérsikov revivió, pero el mundo se enteró de este hecho solo en diciembre de 1926, cuando apareció su folleto titulado «Nuevos datos sobre la reproducción de los poliplacóforos o quitones», de ciento veintiséis páginas, publicado en el boletín de la IV Universidad.

En otoño de 1927 apareció su obra capital, un volumen de trescientas cincuenta páginas. Fue traducida a seis idiomas, entre ellos el japonés, y se titulaba: *Embriología de las pipas, sapo de espuelas y ranas*. Precio: tres rublos. Editorial del Estado.

Pero en el verano de 1928 sucedió algo increíble, espantoso…

# 2

## El rizo luminoso

Entonces el profesor encendió la luz y miró alrededor. Seguidamente encendió el reflector que había sobre una mesa alargada donde se realizaban los experimentos, se puso la bata blanca y toqueteó algunos instrumentos colocados encima de la mesa...

Muchos de los treinta mil vehículos mecánicos que circulaban por Moscú en 1928 pasaban en una carrera veloz por la calle de Herzen, rodando sobre sus pulidos adoquines. Además, con un intervalo de un minuto, un tranvía de las líneas 16, 22, 48 o 53 aparecía por la calle de Herzen y se dirigía, entre chirridos y estrépito, a la de Mojovaia. Los reflejos de las luces multicolores de la ciudad entraban por las ventanas del despacho, desde el cual se divisaba la enorme cúpula del templo de Cristo, y sobre ella, suspendida en la oscuridad del cielo, la pálida y difusa luz de la luna.

Pero ni la luna ni el rumor del Moscú primaveral interesaban en lo más mínimo al profesor Pérsikov. Este, sentado sobre un taburete giratorio de tres patas, movía lentamente con sus dedos amarillentos de fumador la rosca de un magnífico microscopio Zeiss, bajo cuyo objetivo había un simple preparado de amebas frescas sin colorante alguno. En el preciso instante en que el profesor estaba cambiando la amplificación de cinco mil a diez mil aumentos, se entreabrió la puerta, por la que asomó la barba puntiaguda y el delantal de cuero del ayudante Ivanov, quien le dijo:

—Vladímir Ipátievich, acabo de preparar el mesenterio. ¿Quiere echarle una ojeada?

Pérsikov bajó inmediatamente del taburete, abandonando a medio enfoque la rosca, y se dirigió al despacho del ayudante haciendo girar un pitillo entre los dedos.

En el despacho, sobre la mesa de cristal, crucificada sobre un soporte de corcho, medio muerta de espanto y dolor, había una rana. Sus órganos internos, transparentes y delicados, habían sido extraídos de su vientre ensangrentado y colocados bajo el objetivo del microscopio.

—Muy bien —comentó Pérsikov acercando el ojo al ocular del aparato.

Evidentemente, era muy interesante lo que se podía ver en el mesenterio de la rana. Los glóbulos de la sangre, al igual que seres vivos, corrían velozmente por los vasos, semejantes a cauces de río. Pérsikov se olvidó de sus amebas y se pasó hora y media pegado al microscopio, alternándose con su ayudante, e intercambiando ambos científicos frases y palabras animadas, pero incomprensibles para un simple mortal.

Finalmente, Pérsikov alzó la cabeza del microscopio y dijo:

—La sangre empieza a coagularse; no hay nada que hacer.

La rana hizo un débil movimiento con la cabeza. En sus ojos moribundos se podía leer claramente: «Sois unos canallas».

Pérsikov se levantó, estiró las piernas entumecidas y regresó a su despacho. Una vez allí bostezó, se frotó los párpados constantemente inflamados y se sentó en el borde del taburete. Después miró por el microscopio y levantó la mano hacia la rosca para moverla, pero al final no lo hizo. Con el ojo derecho, Pérsikov observó un círculo turbio y blancuzco, donde flotaban amebas pálidas y borrosas, y en cuyo mismo centro resaltaba un rizo multicolor, muy parecido a un bucle de cabello femenino. Tanto el profesor como cientos de sus alumnos ya habían observado este rizo muchas veces, pero nadie le había prestado la menor atención, pues no había razón para prestársela. Aquel haz multicolor de luz no hacía sino entorpecer la observación e indicaba que el microscopio no estaba bien enfocado. Por eso siempre se había eliminado despiadadamente con un simple movimiento de rosca, hasta que el campo de observación quedase iluminado con una luz blanca y uniforme. Los delgados dedos del profesor apretaban ya la cabeza de la rosca, cuando de pronto temblaron y la soltaron. El ojo derecho de Pérsikov fue pasando gradualmente del estado de atención al asombro y, al final, al de alarma. ¡No en vano era el profesor en persona quien estaba tras el microscopio y no una mente mediocre cualquiera! Toda su vida y pensamientos se concentraron en su ojo derecho. Así transcurrieron unos cinco minutos, durante los cuales el ser superior observaba al inferior, forzando y aguzando la vista del ojo derecho para obtener una imagen enfocada. Alrededor todo era silencio. Pankrat se había dormido ya en su habitación, que daba al vestíbulo. En las vitrinas del despacho de Ivanov se produjo un suave y melancólico tintineo cuando el ayudante cerró la puerta de su despacho al marcharse. Seguidamente se oyó el chirrido de la puerta de la escalera y entonces sonó la voz del profesor, que se preguntaba:

—Pero ¿qué es esto? No entiendo nada…

Un camión tardío que pasaba por la calle de Herzen hizo vibrar las paredes del viejo instituto. Encima de la mesa repiquetearon unas pinzas colocadas en un recipiente de vidrio. El profesor palideció y levantó al instante ambas manos para proteger el microscopio, como lo haría una madre para defender a su hijo de un peligro. Ahora Pérsikov no solo había desechado la idea de hacer girar la rosca del aparato, sino que temía que cualquier fuerza extraña pudiera desplazar del campo de visión aquello que acababa de ver.

Reinaba ya la claridad del día y un rayo de sol caía sobre el pórtico del instituto, cuando el profesor se apartó del microscopio y se acercó a la ventana con paso inseguro, pues tenía las piernas completamente entumecidas. Apretó un botón con mano temblorosa y al instante se corrieron las gruesas cortinas ocultando la mañana y sumiendo de nuevo el despacho en una noche sabia y erudita. Pálido y emocionado, Pérsikov se quedó inmóvil, con las piernas separadas y con los ojos lacrimosos clavados en el suelo.

—Pero ¿cómo puede ser? ¡Esto es monstruoso! Esto es monstruoso, señores —repetía una y otra vez dirigiéndose a los sapos, pero estos dormían en su terrario y nada le respondieron.

El profesor permaneció en silencio unos instantes. Después se acercó al interruptor, descorrió las cortinas, apagó todas las luces y volvió a mirar por el microscopio. Su rostro, fruncidas las pobladas cejas amarillentas, traslucía una gran tensión.

—Ya, ya —murmuró—, ha desaparecido. Ya entiendo, entiendo —dijo, mirando fijamente, como un perturbado, el globo apagado que colgaba sobre su cabeza—; es muy sencillo.

Volvió a correr las cortinas y encendió el globo luminoso. Lo miró de nuevo fijamente y una sonrisa alegre y astuta le iluminó el semblante.

—Lo atraparé —exclamó de forma solemne y grave, al tiempo que alzaba el índice hacia el globo—, ¡lo atraparé! Bueno, quizá lo produzca el sol.

Descorrió de nuevo las cortinas. El sol estaba saliendo ya y bañaba en luz las paredes del instituto y el adoquinado de la calle Herzen. El profesor miró por la ventana, calculando en qué posición estaría el sol durante el día. Con paso ligero, casi bailando, se acercaba y se alejaba de la ventana. Finalmente apoyó medio cuerpo sobre el antepecho.

Luego, inició una serie de operaciones tan solemnes como misteriosas. Empezó por cubrir el microscopio con una campana de cristal. Después fundió un poco de lacre sosteniéndolo sobre la llama azulada del gas, dejó caer unas gotas en los bordes de la campana y la unió a la mesa. Mientras la masa de lacre estaba aún caliente, Pérsikov imprimió en ella la huella de un pulgar. Cuando hubo terminado, apagó el gas y salió del despacho. Cerró cuidadosamente la puerta con llave.

En los pasillos del instituto reinaba la penumbra. El profesor se dirigió a la habitación de Pankrat, a cuya puerta se pasó un buen rato llamando sin éxito alguno. Por fin, desde el interior alguien gruñó como un perro, gargajeó y emitió un mugido. Se abrió la puerta y a contraluz apareció Pankrat. Llevaba unos calzones a rayas que le caían hasta los tobillos, donde se anudaban con un par de cordones. Miró al profesor con expresión salvaje, mientras seguía gruñendo, aún medio dormido.

—Pankrat —le dijo el profesor mirándolo por encima de las gafas—, perdona que te haya despertado. No entres esta mañana en mi despacho. Acabo de dejar allí un trabajo que no se puede tocar, ¿entendido?

—Oh, oh, en… entendido —dijo Pankrat, que no había entendido nada y se tambaleaba entre gruñidos.

—Despierta, Pankrat, y escúchame —insistió el científico, y le clavó ligeramente un dedo entre las costillas. El efecto fue inmediato, pues, tras el consiguiente susto, en el rostro de Pankrat afloró una vaga expresión de lucidez—. He cerrado el despacho con llave —prosiguió Pérsikov—; así que no es necesario limpiarlo antes de que yo regrese, ¿entendido?

—Sí, señor —balbució Pankrat.

—Bueno, muy bien, vuelve a la cama.

Pankrat dio media vuelta, desapareció en el hueco de la puerta y al instante se desplomó en la cama, mientras el profesor se dirigía al vestíbulo para vestirse. Ya se había puesto su abrigo gris de entretiempo y su sombrero, cuando le asaltó nuevamente el recuerdo de lo que acababa de ver a través del microscopio. Se quedó absorto, mirando sus chanclos con fijeza, como si los viese por primera vez. Se puso el chanclo izquierdo y después intentó ponerse también el derecho en el mismo pie, pero el chanclo se empeñaba en no entrar.

—Ha sido una coincidencia increíble que Ivanov me haya llamado en ese instante —murmuró el científico—; de no ser así, ni siquiera me habría dado cuenta. Pero ¿qué trascendencia tendrá esto? ¡Cualquiera sabe!

El profesor sonrió y entornó los ojos sin apartar la mirada de sus chanclos, mientras maquinalmente se quitaba el izquierdo y se ponía el derecho. «¡Dios mío! Es imposible imaginar todas las consecuencias...». El profesor, irritado, le dio un puntapié al chanclo izquierdo, que de ninguna manera quería encajar en el pie derecho, y se dirigió a la salida calzado con un solo chanclo. Antes de salir dando un portazo perdió el pañuelo de bolsillo. En el porche se detuvo para buscar las cerillas, palpándose los costados y hurgando en los bolsillos. Acabó por encontrarlas, pero se olvidó de encender el cigarrillo y se encaminó calle adelante con el pitillo apagado entre los labios.

El científico llegó a la altura de la iglesia sin cruzarse con nadie por el camino. Una vez allí, levantó la cabeza y se quedó contemplando su enorme cúpula dorada, que por un lado el sol lamía suavemente.

—¿Cómo no lo he visto antes? Qué casualidad. ¡Ah, soy un tonto! —El profesor inclinó hacia abajo la cabeza y se quedó pensativo al observar sus pies calzados de distinta manera—. Vaya… ¿Y qué hago ahora? ¿Volver? No, a Pankrat no hay quien lo despierte. Maldito chanclo…, pero es una lástima tener que tirarlo. Tendré que llevarlo en la mano.

Pérsikov se quitó el chanclo y lo sostuvo mientras caminaba, no sin experimentar cierta repulsión.

De la calle Prechístenka salió un viejo automóvil ocupado por tres personas. Dos de los ocupantes eran hombres que iban borrachos. Sentada sobre las rodillas de uno de ellos iba una mujer pintada de forma llamativa y ataviada con amplios pantalones de seda que estaban de moda en 1928.

—¡Eh, vejete! —le gritó la mujer a Pérsikov con voz grave y ronca—. ¡Vaya curda que habrás cogido para perder hasta los chanclos!

—Seguro que la pilló en el Alcázar —berreó el hombre de la izquierda, mientras el otro, sacando medio cuerpo por la ventanilla del coche, gritó:

—Abuelo, ¿sabes si está abierto el tugurio de la calle Volkhonka? ¡Allí vamos!

El profesor les lanzó una mirada severa por encima de las gafas y dejó caer el pitillo de la boca, pero al instante se olvidó de ellos. Un rayo de sol daba ya sobre la avenida Prechístenski, y la cúpula del Cristo Salvador empezaba a refulgir. El sol estaba en lo alto.

# 3

## Pérsikov lo atrapó

Había ocurrido lo siguiente: cuando el profesor acercó su ojo genial derecho al ocular del microscopio, por primera vez en su vida prestó atención al hecho de que entre el haz de rayos multicolor que formaban el rizo destacaba con intensidad un rayo resplandeciente. Era de color rojo y resaltaba entre todos los demás, pese a que no era más grueso que la finísima punta de un alfiler.

Quiso la fatalidad que el ojo experto del científico se quedase por unos instantes clavado en aquel rayo.

El profesor vio entonces algo mil veces más importante que el propio rayo, insignificante fenómeno originado por el encuentro casual del movimiento de un espejo con el objetivo del microscopio. Debido a la llamada del ayudante, que tanto tiempo retuvo al profesor, las amebas habían permanecido hora y media bajo los efectos de ese rayo con el siguiente resultado: mientras que en el resto del círculo las amebas yacían como granos sueltos, lánguidas e impotentes, allí donde caía el rayo rojo como una afilada espada ocurrían fenómenos extraordinarios. La vida bullía en aquella franja colorada. Las pálidas amebas, extendiendo sus pseudópodos, se afanaban por entrar en la franja roja y, una vez en ella, revivían como por encanto, como si una fuerza desconocida les insuflara vida. Se amontonaban y luchaban entre sí por conseguir un lugar en aquel espacio, donde se llevaba a cabo una reproducción verdaderamente frenética, pues no hay palabra que la defina mejor. Quebrantando y saltándose todas las leyes que Pérsikov conocía a la perfección, esos seres echaban brotes ante sus ojos con una rapidez fulminante, se descomponían en varias partes, cada una de las cuales al cabo de dos segundos se convertía, a su vez, en un nuevo organismo. Todos estos organismos, en apenas unos instantes, alcanzaban la plena madurez con el solo fin de producir una nueva generación. Dio comienzo una lucha feroz que, si bien al principio abarcaba solo a la franja roja, después se extendió a todo el círculo. Se trataba de la inevitable lucha por el espacio vital. Los seres recién nacidos se lanzaban unos contra otros con verdadera furia, se destrozaban y devoraban mutuamente, dejando el campo sembrado de cadáveres de los caídos en la lucha por la vida. Los mejores y los más fuertes salieron triunfantes, y hay que reconocer que estos vencedores eran terribles. En primer lugar, su volumen era más o menos dos veces mayor que el de una ameba corriente, y además se distinguían por una agilidad y una ferocidad nunca vistas. Sus movimientos eran rapidísimos y manejaban sus pseudópodos, mucho más largos de lo normal, como un pulpo lo haría con sus tentáculos.

El profesor, pálido y demacrado, dedicó la tarde del día siguiente a la observación de la nueva generación de amebas. Se olvidó de comer y se mantuvo en pie gracias a los gruesos pitillos que liaba y fumaba uno tras otro. Al tercer día pasó al estudio de la fuente originaria, es decir, el rayo rojo.

El gas ardía en el despacho con un suave silbido. Desde la calle llegaban los ruidos de la ciudad. El profesor, medio intoxicado por tanto fumar, se recostó contra el respaldo del taburete giratorio y entornó los ojos.

—Sí, ahora lo entiendo. El rayo les dio vida. Un rayo nuevo, que nadie conoce ni ha investigado jamás. Lo primero que hay que averiguar es si lo produce solo la luz eléctrica o también el sol —murmuró Pérsikov.

Tras otra noche en vela, esta cuestión quedó esclarecida. Pérsikov logró captar un rayo en cada uno de los tres microscopios, mientras que con el sol el resultado fue nulo. De lo cual el profesor dedujo lo siguiente:

—Es de suponer que no está en el espectro solar… hum… bueno, luego habrá que suponer que solo se puede obtener con luz eléctrica.

El profesor lanzó una mirada enternecida al globo luminoso que pendía sobre su cabeza, volvió a recapacitar un rato y, por fin, llamó a su despacho al ayudante Ivanov para contarle lo ocurrido y mostrarle las amebas.

El licenciado Ivanov se quedó estupefacto y moralmente deshecho. ¿Cómo era posible que nadie hubiera visto antes una cosa tan sencilla, un simple rayo de luz? ¡Qué diablos! Cualquiera habría podido descubrirlo, incluso él mismo, Ivanov. Aquello era realmente espantoso. Bastaba con mirar…

—¡Fíjese, fíjese, Vladímir Ipátievich! —exclamó Ivanov, aterrado, mientras miraba por el microscopio—. ¡Mire qué está pasando aquí! No dejan de crecer ante mis ojos… ¡Mire, mire!

—Ya llevo tres días observándolo —respondió Pérsikov con entusiasmo.

Después, ambos científicos discutieron profesionalmente sobre el tema, llegando a las siguientes conclusiones: el licenciado Ivanov instalaría una cámara en la cual, por medio de lentes y espejos, intentaría reproducir ese rayo a una escala mayor y fuera del microscopio. El ayudante dijo que esperaba más aún, que estaba completamente seguro de poder obtener el rayo, pues no era cosa difícil, y que Pérsikov no debía albergar ninguna duda sobre ello. Entonces surgió una posible causa de fricción.

—Cuando publique mi trabajo, Piotr Stepánovich, mencionaré que fue usted quien fabricó las cámaras —dijo Pérsikov en un intento de despejar posibles dudas.

—Oh, no tiene importancia… Es decir… bueno…

Así quedó rápidamente resuelto el pequeño desencuentro. A partir de aquel momento el rayo absorbió también a Ivanov. Mientras Pérsikov, cada vez más flaco y agotado, se pasaba todo el día y parte de la noche pegado al microscopio, Ivanov se afanaba en el laboratorio de física, inundado por la luz de las potentes lámparas, combinando lentes y espejos con ayuda de un mecánico.

Después de haber hecho el pedido a través del Comisariado de Instrucción Pública, llegaron de Alemania tres paquetes destinados a Pérsikov. Los paquetes contenían toda clase de espejos, vidrios y lentes pulidas bicóncavas, biconvexas e incluso cóncavas por un lado y convexas por el otro. Ivanov acabó de instalar la cámara y, en efecto, logró producir el rayo rojo. Hay que admitir que lo hizo a las mil maravillas, pues el rayo conseguido era grueso, de unos cuatro centímetros de diámetro, intenso y potente.

El 1 de junio se instaló la cámara en el despacho de Pérsikov, el cual inició una serie de experimentos con huevos de rana, iluminándolos con el rayo. Los experimentos dieron unos resultados asombrosos. Al cabo de dos días, miles de renacuajos salieron de aquellos huevos. Pero eso no fue todo: los renacuajos se convirtieron con una rapidez asombrosa en ranas adultas, tan feroces y sanguinarias que la mitad de ellas devoró a la otra mitad. Las que sobrevivieron empezaron a desovar enseguida y en los dos días siguientes, sin necesidad ya del rayo, apareció una nueva generación, cuyo número de miembros era incalculable. En el despacho del científico se desató el caos más absoluto. Los renacuajos salieron del despacho, se desperdigaron por todo el instituto e invadieron los terrarios, rincones y recovecos, de manera que por doquier se oía un sonoro croar. Más que un instituto, aquello parecía un pantano. Pankrat, que siempre había temido a Pérsikov más que al mismísimo demonio, llegó a sentir hacia él un terror mortal. Al cabo de una semana, el propio profesor se dio cuenta de que estaba a punto de enloquecer. Entonces el instituto se llenó del olor a éter y a cianuro potásico, lo que por poco le cuesta la vida a Pankrat, que en un descuido se quitó la mascarilla. Por fin lograron exterminar con toda clase de venenos aquella multitud de habitantes de los pantanos. Después hubo que ventilar los despachos.

Pérsikov le dijo a Ivanov:

—¿Sabe usted, Piotr Stepánovich? El efecto del rayo sobre el deuteroplasma es realmente asombroso.

Ivanov, habitualmente hombre frío y reservado, esta vez no pudo menos de interrumpir al profesor con un tono exaltado:

—Pero, Vladímir Ipátievich, ¡por qué habla usted de nimiedades como el deuteroplasma! Digámoslo sin rodeos. Usted ha descubierto algo inaudito —dijo Ivanov e, imponiéndose con un gran esfuerzo a su naturaleza, pronunció las siguientes palabras—: ¡Profesor Pérsikov, acaba usted de descubrir el rayo de la vida!

Un leve rubor tiñó los pómulos, pálidos y mal afeitados, de Pérsikov.

—Bueno, bueno… —musitó el profesor.

—Su nombre adquirirá tal fama —continuó Ivanov— que me produce vértigo solo pensarlo. Debe saber, Vladímir Ipátievich —prosiguió Ivanov dando rienda suelta a su entusiasmo—, debe saber que los fabulosos personajes de Wells no son nada comparados con usted… ¡Y yo que creía que las novelas de Wells eran solo fantasías! ¿Recuerda usted *El alimento de los dioses*?

—Sí, es una novela —respondió Pérsikov.

—Pues claro. ¡Y muy conocida!

—No la recuerdo —dijo Pérsikov—. Sé que la he leído, pero no la recuerdo.

—¡Cómo que no la recuerda! Mire esto —exclamó Ivanov cogiendo por una pata una rana muerta que había sobre la mesa de cristal. Aquella rana de vientre hinchado y tamaño descomunal, aun después de muerta, tenía una expresión feroz—. ¡Esto es algo portentoso!

# 4

## La viuda del pope Drozdov

Quizá fuera por culpa de Ivanov, o porque las noticias sensacionales se propagan por sí solas, o Dios sabe por qué, pero el hecho es que de la noche a la mañana todo Moscú, inmenso y bullicioso, empezó a hablar del profesor Pérsikov y de su rayo, aunque de manera fragmentaria y muy vaga. La noticia del descubrimiento del rayo maravilloso revoloteaba en la atmósfera de la capital como un pájaro malherido, ya desapareciendo, ya remontando el vuelo, hasta que un día, a mediados de julio, en la página 20 del periódico *Izvestia*, en la sección de «Novedades de la ciencia y la técnica» apareció una breve nota relativa al rayo. En ella se comunicaba de forma escueta que un conocido profesor de la IV Universidad había descubierto un rayo que aceleraba extraordinariamente la actividad vital de los organismos inferiores, y que ese rayo estaba aún sujeto a comprobaciones. Habían escrito mal el apellido del profesor, como suele ocurrir, y se leía «Pévsikov».

Ivanov le enseñó el periódico al profesor.

—Vaya, «Pévsikov»… —gruñó el profesor, mientras manipulaba la cámara instalada en su despacho—. ¿Cómo se habrán enterado esos charlatanes?

Ni siquiera el apellido mal escrito salvó al profesor de las consecuencias que el artículo acarreó. Al día siguiente se iniciaron una serie de acontecimientos que iban a trastornar por completo su vida.

Tras llamar a la puerta con los nudillos, Pankrat se presentó en el despacho y le entregó a Pérsikov una elegante tarjeta de visita, impresa en papel satinado.

—Está ahí fuera —comentó tímidamente el bedel.

La tarjeta rezaba:

ALFRED ARKÁDIEVICH BRONSKI

Colaborador de las revistas moscovitas *Luz Roja*,
*Pimienta Roja*, *Revista Roja*, *Proyector Rojo*, y del
periódico *La Gaceta Roja de la Tarde*

—Que se vaya al diablo —dijo fríamente Pérsikov, tirando la tarjeta debajo de la mesa.

Pankrat salió, pero a los cinco minutos estaba de vuelta, muy compungido y con un segundo ejemplar de la misma tarjeta.

—¿Es una broma de mal gusto? —rugió Pérsikov con expresión feroz.

—Es que... dice que... que es de la Administración Política del Estado... —balbució Pankrat, palideciendo.

Pérsikov arrojó violentamente sobre la mesa unas pinzas que tenía en una mano y cogió con la otra la tarjeta que le tendía Pankrat, casi rompiéndola del tirón. Esta vez la tarjeta llevaba unas líneas escritas a mano con una letra con florituras que decía: «Distinguido profesor, le ruego encarecidamente que me disculpe y me dedique tan solo un par de minutos. Se trata de algo muy importante para la sociedad y para la prensa, pues soy colaborador de la revista humorística *Cuervo Rojo*, de la editorial de la Administración Política del Estado».

—Dígale que pase —profirió Pérsikov con un suspiro.

Detrás de Pankrat apareció inmediatamente un hombre joven, de rostro lustroso y pulcramente afeitado, en el cual destacaban unas cejas siempre alzadas, como las de un chino, y unos ojillos de azabache, que jamás miraban a la cara de su interlocutor. El joven llevaba un atuendo impecable y a la última moda. Vestía una americana estrecha y larga hasta las rodillas, unos pantalones acampanados anchísimos y unos zapatos de charol de puntera tan ancha que semejaban pezuñas. En la mano sujetaba un bastón, un sombrero cuya copa terminaba en punta y un cuaderno de apuntes.

—¿Qué quiere? —le preguntó Pérsikov en un tono tan brusco que Pankrat prefirió desaparecer al instante tras la puerta—. Ya le han dicho que estoy ocupado.

En vez de responder, el joven se deshizo en reverencias ante el profesor, inclinándose dos veces hacia la izquierda y dos hacia la derecha, mientras sus ojillos recorrían atentamente la habitación. Luego anotó algo en su bloc.

—Estoy ocupado —repitió el profesor, mirando con hastío al intruso, pero sin resultado alguno por la sencilla razón de que era imposible captar su mirada.

—¡Oh, distinguido profesor! —dijo por fin el joven con voz aguda—. Le pido mil perdones por esta interrupción y por robarle su precioso tiempo, pero la noticia de su sensacional descubrimiento, que ha estremecido el mundo entero, me ha inducido a venir a pedirle a usted ciertas aclaraciones, en nombre de mi revista.

—Pero ¿qué aclaraciones ni qué mundo entero...? —aulló Pérsikov, poniéndose amarillo—. No estoy obligado a hacerle ninguna aclaración ni nada que se le parezca. Estoy ocupado, ¡sumamente ocupado!

—¿Y en qué está usted tan ocupado? —inquirió el joven en un tono suave, mientras hacía una segunda anotación en su bloc.

—Yo... pero usted... ¿Es que pretende publicar algo?

—Sí —afirmó el periodista, empezando a escribir precipitadamente.

—En primer lugar, hasta que no concluya mis trabajos no pienso publicar nada, ni mucho menos en esos periódicos suyos... En segundo lugar, ¿cómo lo ha sabido usted?

Al llegar a este punto, Pérsikov se dio cuenta de que estaba perdiendo terreno.

—¿Es cierto que ha descubierto usted el rayo de la nueva vida?

—¿Qué es eso de la nueva vida? —se enfureció el profesor—. ¿Qué tonterías son esas? El rayo en el que estoy trabajando aún tiene que investigarse a fondo, porque todavía no se sabe nada a ciencia cierta. Es posible que multiplique la actividad vital del protoplasma...

—¿Por cuántas veces? —se apresuró a preguntar el joven.

Pérsikov se quedó del todo desconcertado.

«¡Vaya con el tipo este de mil demonios!», pensó.

—Pero ¡qué pregunta tan vulgar! Supongamos que le digo que mil veces…

Los ojillos del joven reflejaron la avidez de un ave de rapiña.

—¿Se pueden obtener organismos gigantes?

—¡Nada de eso! Bueno, realmente, los ejemplares que he obtenido son mayores que los normales, además de presentar algunas propiedades nuevas. Pero lo importante en este caso no es el tamaño, sino la increíble rapidez de su reproducción —se le escapó a Pérsikov, que al instante se quedó horrorizado de su propia torpeza.

El joven rellenó sin detenerse toda una página de su bloc, pasó a la siguiente y continuó escribiendo.

—¡No apunte nada! —balbució Pérsikov completamente apabullado, sintiéndose ya en manos del joven periodista—. ¿Qué está escribiendo?

—¿Y es cierto que en dos días pueden obtenerse dos millones de renacuajos de esos huevos?

—¿De qué cantidad de huevos? —gritó Pérsikov, perdiendo ya los estribos—. ¿Ha visto usted alguna vez en su vida un solo huevo? ¿Un simple huevo de rana de zarzal?

—De media libra, por ejemplo —dijo el joven sin inmutarse lo más mínimo.

Pérsikov sintió que toda la sangre le fluía a la cabeza.

—¡Media libra! ¡Qué manera de medir! Pero ¡qué dice! Si coge usted media libra de huevos de rana… ¡entonces claro!, no solo dos millones, sino más, ¡mucho más!

Los ojillos del joven lanzaban destellos. En pocos instantes llenó otra página entera de su bloc.

—¿Es cierto también que este descubrimiento producirá una revolución mundial en la ganadería?

—Déjese de preguntas sensacionalistas —dijo Pérsikov—. Además, le prohíbo a usted que publique todas esas tonterías. ¡Porque veo por su cara que está usted apuntando cosas abominables!

—Profesor, le ruego encarecidamente que me proporcione una fotografía suya —le espetó al final el jovenzuelo, después de cerrar de golpe su bloc.

—¿Qué...? ¿Una foto mía? ¿Una foto para sus miserables revistas? ¿Para publicarla junto con toda esa basura? Ah, no, no, no... Estoy ocupado... le ruego que...

—Cualquier foto antigua servirá. Se la devolveremos enseguida.

—¡¡¡Pankrat...!!! —rugió el profesor montando en cólera.

—Que usted siga bien —dijo el joven, y desapareció al instante.

Al otro lado de la puerta se oyó un chirrido extraño y acompasado que parecía provenir de alguna máquina, después se oyeron unos golpes en el suelo y, en lugar de Pankrat, apareció una extraña figura. Era un hombre sumamente obeso, vestido con una especie de blusón y unos pantalones hechos del tejido de una manta. Su pierna izquierda, ortopédica, causaba todos aquellos chirridos, crujidos y repiqueteos. Traía consigo una gran cartera. En su rostro orondo, cuidadosamente afeitado, amarillento y flácido, se esbozaba una amable sonrisa. Hizo un saludo militar y luego se puso en posición de «firmes». Al estirar las piernas, los muelles del aparato ortopédico crujieron. Pérsikov se quedó sin habla.

—Señor profesor —dijo el desconocido con voz algo opaca, que después se volvió bastante agradable—, disculpe a este simple mortal que ha osado inmiscuirse en su soledad.

—¿Es usted periodista? —preguntó Pérsikov, y luego gritó—: ¡Pankrat!

—No, señor profesor —contestó el gordo—. Permítame presentarme; soy capitán de la marina mercante y colaborador del periódico *Noticiario Industrial*, del Consejo de Comisarios Populares.

—¡Pankrat! —gritó Pérsikov, histérico. En aquel instante, en el rincón donde estaba el teléfono, se encendió una lucecilla roja y sonó un suave timbrazo—. ¡Pankrat! —volvió a llamar el profesor antes de descolgar el auricular—. ¡Diga!

—*Verzeihen Sie bitte, Herr Professor* —dijo una voz en alemán—, *dass ich störe. Ich bin Mitarbeiter des* Berliner Tageblatt.*

—¡Pankrat! —gritó el profesor por el auricular—. *Ich bin momentan sehr beschäftigt und kann Sie deshalb jetzt nicht empfangen!***

En la puerta principal del instituto empezaron a tocar el timbre.

* «Perdone, por favor, que lo moleste, señor profesor: soy colaborador del *Berliner Tageblatt*». *(N. de la T.)*

** «De momento estoy muy ocupado y, por lo tanto, no puedo recibirlo ahora». *(N. de la T.)*

—¡Terrible asesinato en la calle Bronnaya! —resonaban las voces anormalmente roncas de los vendedores de periódicos en medio del barullo de coches, luces y faros que iluminaban las calles de la ciudad, recalentadas durante el día por el sol—. ¡Aparece una terrible epidemia en las gallinas de la viuda del pope Drozdov! Vean el retrato de la misma. ¡Sensacional descubrimiento del rayo de la vida del profesor Pérsikov!

Pérsikov dio tal brinco que por poco fue a parar bajo las ruedas de un automóvil. Se acercó de un salto al vendedor y le arrebató un periódico de las manos.

—¡Tres copecs, ciudadano! —gritó el muchacho, y, abriéndose paso en la acera entre la multitud, aulló de nuevo—: *¡La Gaceta Roja de la Tarde!* ¡El descubrimiento del rayo equis!

Sin salir de su asombro, Pérsikov abrió el periódico, se detuvo y se apoyó contra una farola. En la esquina izquierda de la segunda página, sobre un fondo borroso, asomaba una fisonomía extraña, calva, con unos ojos desorbitados de mirada ciega y mandíbula inferior colgante. Al pie de aquella creación pictórica de Alfred Bronski se leía: «El profesor V. I. Pérsikov, descubridor del misterioso rayo rojo». Un poco más abajo, con el título de UN ENIGMA MUNDIAL, se iniciaba el artículo con las siguientes palabras: «"Siéntense, por favor", nos invitó amablemente el eminente científico Pérsikov…».

Al final del artículo aparecía la firma de Alfred Bronski, con el pseudónimo «Alonso» entre paréntesis.

En aquel instante se encendió el letrero luminoso de *El diario hablado*, que proyectó un resplandor verdoso en el cielo. Al momento una multitud de gente invadió la calle Mokhovaya.

«Siéntense, por favor —dijo de pronto una voz tenue y desagradable desde un altavoz instalado en el tejado, una voz semejante a la de Alfred Bronski, pero mil veces más potente—, el eminente científico Pérsikov nos invitó amablemente a tomar asiento. "Hacía tiempo que deseaba informar al proletariado moscovita acerca de los resultados de mi descubrimiento…"».

Pérsikov oyó a sus espaldas un chirrido familiar y sintió que alguien le tiraba de una manga. Al volverse, vio al propietario de la pierna ortopédica, con su cara redonda y amarillenta, los ojos llenos de lágrimas y los labios temblorosos.

—Usted no quiso decirme nada sobre su maravilloso descubrimiento, señor profesor —se lamentó el cojo, y lanzó un suspiro triste y profundo—. Adiós a mis ciento cincuenta rublos.

Contempló con amargura el tejado de la universidad, donde estaba instalado el altavoz que emitía por sus fauces negras la voz del invisible Alfred. Pérsikov, sin saber por qué, sintió compasión por aquel hombre gordo.

—No —murmuró el profesor recibiendo con ira cada palabra que iba cayendo del cielo—, yo no le dije que se sentase ni nada semejante. ¡Este hombre es de una desfachatez extraordinaria! Perdóneme, por favor; pero usted comprenderá que cuando uno está trabajando y de pronto le invade el despacho toda clase de… Oh, no me refiero a usted, claro…

—Señor profesor, ¿podría describirme la cámara? —preguntó el hombre ortopédico con voz aduladora y compungida—. Total, ahora ya le da igual.

«En solo tres días, de media libra de huevos de rana puede nacer una cantidad de renacuajos incalculable», bramó el hombre invisible del altavoz.

Las bocinas de los automóviles resonaban por toda la calle.

—¿Han oído eso? ¡Ja, ja, ja! —murmuró la multitud, mirando hacia arriba.

—¡Qué canalla! —gruñó Pérsikov temblando de ira dirigiéndose al hombre mecánico—. ¿Qué le parece? ¡Presentaré una queja!

—¡Es indignante! —asintió el cojo.

En aquel instante una luz cegadora y violácea le dio al profesor en los ojos, iluminando por unos instantes la farola, la calle, la pared amarilla del fondo, los rostros de los curiosos y todo lo que había alrededor.

—Lo están filmando, señor profesor —susurró el cojo lleno de admiración, y se quedó colgado de la manga del profesor como una pesa.

Se oyó el chirrido acompasado de la cámara.

—¡Al diablo todo el mundo! —exclamó Pérsikov con tristeza, intentando abrirse paso entre la muchedumbre y tirando del cojo, que seguía aferrado a su manga—. ¡Taxi! ¡A la calle Prechístenka!

Cuando un coche viejo, un modelo de 1924, se detuvo junto a la acera, el profesor intentó subirse a él y deshacerse del cojo.

—Me está usted molestando —gruñó el profesor protegiéndose la cara de la luz cegadora del foco.

—¡Callaos! ¿Habéis oído? ¡El profesor Pérsikov y sus hijos han sido degollados en la calle Malaya Bronnaya! —gritaba la muchedumbre.

—Pero ¡si no tengo niños, caray! —gritó a su vez Pérsikov, y en aquel mismo instante una cámara fotográfica lo plasmó de perfil, con la boca abierta y los ojos desorbitados de rabia.

El taxi arrancó traqueteando y se abrió paso entre la muchedumbre. El hombre gordo iba sentado en él, pegado al costado del profesor.

# 5

## El cuento de las gallinas

En un pueblecito, antes llamado Troitsk y ahora llamado Steklovsk, de la provincia de Kostromá, distrito de Steklovsky, una mujer, con un vestido de percal gris estampado de florecillas y un pañuelo en la cabeza, salió al porche de una de las casas de la calle Personálnaya, antes llamada Sobornaya. Era la viuda del antiguo pope de la iglesia, Drozdov. La mujer lloraba amargamente y sus sollozos se hacían cada vez más fuertes. Instantes después se abrió la ventana de la casa de enfrente y se asomó por ella una cabeza de mujer envuelta en un grueso pañolón de angora. La mujer exclamó:

—Eh, Stepánovna, ¿qué te pasa? ¿Otra más?

—¡Ay, que ya van diecisiete con esta! —respondió la viuda de Drozdov, hecha un mar de lágrimas.

—¡Ay, ay, ay! —replicó la vecina de la ventana moviendo acompasadamente la cabeza—. Pero ¿qué está pasando? ¡En verdad, parece un castigo de Dios! ¡Ay, ay! ¿Dices que se te ha muerto otra?

—Ven, ven a verlo tú misma —balbució la viuda entre ayes y profundos sollozos—. ¡Fíjate cómo está la pobre!

Al instante se abrió la desvencijada cancela de la casita de enfrente y la vecina atravesó descalza el camino lleno de montículos de tierra polvorientos. La viuda, llorosa y desolada, la condujo al gallinero.

Conviene aclarar que la viuda del pope Drozdov, quien había muerto en 1927 debido a disgustos fruto de una persecución religiosa, lejos de achicarse ante su desgracia, había fundado una excelente granja avícola. Pero, en cuanto a la viuda le empezaron a ir bien las cosas, la gravaron con un impuesto tan penoso que habría sido la ruina de la granja de no haber mediado la intervención de personas pías. Dichas personas le sugirieron la idea de presentar a las autoridades locales una declaración por escrito asegurando que ella, la viuda de Drozdov, no había hecho sino fundar una cooperativa avícola. Así lo hizo, incluyendo en el personal obrero de dicha cooperativa, además de a ella misma, a su fiel criada Matrioshka y a su sobrina, la sorda. La viuda quedó libre de impuestos y su granja prosperó tanto que ya en 1928, por su pequeño y polvoriento recinto rodeado de gallineros, deambulaban más de doscientas cincuenta gallinas, entre las cuales había incluso algunos ejemplares de la valiosísima raza de la Cochinchina. Los huevos de la viuda, que al principio solo se vendían en el mercado local, acabaron también en la ciudad de Tambov y en algunas ocasiones llegaron al mismísimo Moscú, donde eran expuestos en los escaparates de la antigua mantequería de Chichkin.

Hasta que un día, en una sola mañana, murieron repentinamente dieciséis gallinas, y la que hacía el número diecisiete, un hermoso ejemplar de la raza brahmaputra, corría desesperadamente por el cercado vomitando sin cesar. El pobre animal, entre cloqueo y estertores, se detenía para levantar su triste mirada hacia el sol, como despidiéndose de él. La cooperativista Matrioshka saltaba en cuclillas ante la gallina, conservando apenas el equilibrio, con una taza de agua en la mano.

—Ven, ven, bonita… toma un poquito de agua —suplicaba Matrioshka, intentando colocarle la taza bajo el pico.

Pero la pobre gallina, rechazando el agua, no hacía sino abrir desmesuradamente el pico y echar la cabeza hacia atrás. Después empezó a vomitar sangre.

—¡Ay, Señor mío, Jesús! —gritó la vecina, dándose una palmada en los muslos—. Pero ¡qué es esto! ¡Coágulos de sangre! ¡Qué me cuelguen si jamás he visto a una gallina retorcerse así, como una persona!

Aquellas fueron las últimas palabras que oyó en su breve vida la pobre gallina. Cayó bruscamente de costado, y se puso a picotear débilmente la tierra con los ojos en blanco. Seguidamente se puso bocarriba y se quedó inmóvil, con las patas tiesas y mirando al cielo. Matrioshka prorrumpió en llanto, vertiendo el agua de la taza, y también se echó a llorar hasta la propia presidenta de la cooperativa, la viuda del pope. La vecina, acercándose al oído de la viuda, le murmuró:

—Oye, Stepánovna, juraría que alguien les ha echado el mal de ojo a tus gallinas. ¿Dónde se ha visto nada semejante? ¡Las gallinas nunca han tenido esas enfermedades! Eso es que alguien te las ha embrujado.

—¡Ah, malditos! —exclamó la esposa del pope, levantando los ojos al cielo—. ¿Es que se han propuesto acabar conmigo?

Como réplica a sus palabras se oyó el cacareo desesperado de un gallo, que al instante salió por la portezuela del gallinero, medio desplumado, tambaleándose penosamente de un lado a otro, como un borracho que saliera de una taberna. Se quedó mirando fijamente a las mujeres, con los ojos desorbitados, y abrió las alas de par en par, como un águila. Pero, en vez de echar a volar, emprendió una carrera alocada por el recinto, dando vueltas al ruedo como un caballo de circo. Sin embargo, a la tercera vuelta ya no pudo seguir, y entonces se detuvo y vomitó. Luego empezó a toser y a ahogarse, escupiendo sangre por todas partes, hasta que al final, entre gemidos y estertores, quedó bocarriba, con las patas rígidas y erguidas como mástiles. Los gemidos y llantos femeninos resonaron por todo el cercado, mientras en el gallinero se oía un desesperado batir de alas y un alarmado cloqueo.

—No me irás a decir ahora que no están embrujadas —comentó la vecina con aire triunfal—. Anda, llama al padre Serguéi para que rocíe agua bendita.

A las seis de la tarde, cuando el sol se ponía, asentado su rostro encendido sobre el de los jóvenes girasoles, el padre Serguéi, superior de la catedral, concluido el oficio en el recinto del gallinero, se quitó la estola. Las cabezas de los curiosos asomaban por encima de la vieja cerca y por entre sus rendijas. La desconsolada viuda, tras besar el crucifijo, le entregó al pope un gastado billete de un rublo, empapado de copiosas lágrimas suyas. El padre Serguéi suspiró hondo y comentó que aquello debía de ser un castigo del Señor. Por su expresión, parecía saber muy bien a qué se debía la cólera de Dios, pero no dijo nada.

Terminada la ceremonia, los curiosos se dispersaron. Debido a que las gallinas se retiran a dormir muy temprano, aquella tarde nadie se enteró de que en la casa contigua a la de la viuda Drozdov se morían tres gallinas y un gallo. Siguieron exactamente el mismo proceso que sus vecinas, aunque esta vez todo ocurrió en un gallinero cubierto y de la manera más silenciosa. El gallo cayó en picado de la estacada, quedando muerto en el mismo lugar donde aterrizó. En cuanto a las gallinas de la viuda Drozdov, estas murieron justo después del rito religioso. Al anochecer, reinó un silencio sepulcral en el corral, que se hallaba repleto de aves muertas.

A la mañana siguiente todo el pueblo se despertó sobresaltado, pues aquel incidente avícola había ido adquiriendo un cariz monstruoso. Al mediodía, en toda la calle Personálnaya tan solo quedaban tres gallinas vivas que estaban en una casa algo apartada, alquilada por un inspector de Hacienda. Pero a la una de la tarde ya habían muerto. Al anochecer, el pueblo entero estaba más alborotado que una colmena y por todas partes se oía la terrible palabra «peste». El nombre de la viuda Drozdov apareció en el periódico local *Guerrero Rojo*, en un artículo titulado «¿Será la peste avícola?», lo que hizo que la noticia se propagase como la pólvora hasta el mismo Moscú.

La vida del profesor Pérsikov había dado un giro extraño, tan inquieto como preocupante. Se había creado un ambiente en el cual resultaba completamente imposible trabajar. Al día siguiente de haberse librado de Alfred Bronski, el profesor se vio obligado a desconectar el teléfono en su despacho del instituto por el sencillo procedimiento de descolgar el auricular. Aquella misma noche, cuando iba en tranvía por la calle Okhotny Ryad, el profesor se vio a sí mismo en lo alto de la azotea de un enorme edificio que estaba rematado con un cartel negro de GACETA OBRERA. En la pantalla luminosa, vio cómo subía a un taxi, con el rostro contraído y furiosos aspavientos, seguido del inseparable hombre ortopédico, aferrado a su manga. A continuación, en la pantalla se veía al profesor cubriéndose la cara con las manos para protegerse de los focos. Luego apareció un letrero luminoso que rezaba: «El profesor Pérsikov, en el automóvil, haciendo unas declaraciones a nuestro conocido reportero, el capitán Stepanov». En efecto, al instante siguiente en la pantalla apareció el coche en el momento en que pasaba por la calle Voljonka, frente al templo de Cristo. En el interior del automóvil se observaba cierto alboroto y de vez en cuando asomaba el rostro de Pérsikov, con una expresión de lobo acorralado.

—No son personas, son verdaderos demonios —murmuró entre dientes el zoólogo mientras el tranvía pasaba de largo.

Al llegar a su casa, en la calle Prechístenka, el zoólogo recibió de su ama de llaves, Maria Stepánovna, una lista con diecisiete nombres y números de teléfono de personas que le habían llamado durante el día. Además, Maria Stepánovna le informó verbalmente y de modo oficial que estaba agotada. El profesor se disponía a romper todas aquellas notas, pero se detuvo al leer en una de ellas el membrete: «Comisario popular de Sanidad».

—¿Qué ocurre? —se preguntó desconcertado el excéntrico científico—. ¿Qué le pasa a toda esa gente?

A las diez y cuarto de la noche sonó el timbre de la puerta y el profesor se vio obligado a recibir a cierto caballero que lucía un flamante atuendo. El profesor leyó con asombro en su tarjeta de visita la siguiente retahíla: «Jefe Plenipotenciario de los Departamentos Comerciales de las Representaciones Extranjeras ante la República de los Sóviets». Lo curioso de la tarjeta es que en ella no figuraban nombre ni apellido.

—Al diablo con él —gruñó Pérsikov tirando sobre el tapete verde de la mesa la lupa y unos diagramas que llevaba en la mano. Y, dirigiéndose a Maria Stepánovna, añadió—: Dígale a ese plenipotenciario que pase.

—¿En qué puedo ayudarle? —preguntó Pérsikov al visitante con tal brusquedad que hizo que este se sobresaltara.

El profesor se subió las gafas sobre la frente, las dejó caer nuevamente encima de la nariz y examinó con atención al jefe plenipotenciario. El caballero en cuestión relucía todo él con reflejos de charol y piedras preciosas. En el ojo derecho llevaba encajado un monóculo. «Qué tipejo tan repugnante», pensó Pérsikov por alguna razón.

El visitante abordó el tema con circunloquios. Primero pidió permiso para encender un puro, en vista de lo cual

Pérsikov, con gran disgusto, no tuvo más remedio que invitarlo a sentarse. Después el visitante se deshizo en interminables excusas por haberse presentado tan tarde:

—Durante el día es imposible pillar... je, je, perdón... encontrar al profesor en casa.

Mientras decía todo esto, el visitante no cesaba de soltar una extraña risita de hiena.

—En efecto, estoy muy ocupado —respondió tan secamente Pérsikov que el «jefe» volvió a estremecerse.

Sin embargo, se había tomado la libertad de molestar al prestigioso científico.

—El tiempo es oro, como suele decirse... ¿Le molesta que fume?

—Bueno, bueno —refunfuñó el profesor.

Por lo que el otro se lo tomó como un sí...

—Profesor, usted ha descubierto el rayo de la vida, ¿no es así?

—Pero, por Dios, ¡qué rayo ni qué...! Todo eso son fantasías de los periodistas —contestó Pérsikov, animándose.

—¡Oh, no! —exclamó el visitante soltando su risita de hiena—. Naturalmente, comprendo que la modestia es la mayor virtud de un verdadero científico... ¡ni que decir tiene! Hoy se han recibido varios telegramas. En todas las capitales del mundo, entre ellas Varsovia y Riga, se conoce ya el descubrimiento del rayo. El nombre del profesor Pérsikov pasa de boca en boca. El mundo entero está pendiente de los trabajos realizados por Pérsikov, sí, sí, el mundo entero está en vilo. Pero, como es natural, ya sabemos que la situación de los científicos en la Rusia soviética es muy dura. *Entre nous soi-dis...* Supongo que aquí no habrá nadie escuchándonos, ¿verdad? Desgraciadamente, en este país no saben apreciar la labor científica, y por eso me gustaría hablar con usted, profesor... Cierto país extranjero le ofrece al profesor Pérsikov una ayuda completamente desinteresada para sus trabajos de laboratorio. Trabajar aquí es echar margaritas a los cerdos, como dice la Sagrada Escritura. Ya sabemos lo mal que lo pasó usted aquí, profesor, en los años diecinueve y veinte, cuando la... je, je..., dichosa Revolución. Todo esto es alto secreto, naturalmente. Usted, profesor, daría a conocer a este país los resultados de su trabajo y a cambio recibiría toda la financiación que necesitase. Sabemos que ha montado usted una cámara y nos resultaría muy interesante conocer los planos de la misma... —Al decir esto, el visitante sacó del bolsillo interior de la chaqueta un fajo de billetes de banco nuevos y crujientes—. Por ejemplo, cinco mil rublos como anticipo, una suma insignificante, que usted recibiría en ese mismo instante... Y no sería necesario ningún recibo. ¡Por supuesto que no! Incluso como jefe comercial plenipotenciario me ofendería si usted se empeñase en extenderme un recibo.

—¡Fuera...! —rugió de pronto Pérsikov, con tal fuerza que las teclas del piano del salón vibraron.

El visitante desapareció con tanta rapidez que un minuto más tarde el propio Pérsikov, temblando todavía de ira, dudaba si todo aquello no habría sido una alucinación.

—¿Son suyos esos chanclos? —preguntó Pérsikov al cabo de unos instantes en el recibidor.

—Sí, se los dejó olvidados —contestó Maria Stepánovna, temblorosa.

—¡Tírelos!

—Pero ¿cómo los voy a tirar? Seguro que volverá a por ellos.

—Pues entréguelos a la junta de inquilinos y que le den un recibo. ¡No quiero verlos aquí! ¡Lléveselos, rápido! ¡Que la junta se quede con los chanclos del espía!

Maria Stepánovna se santiguó, recogió los magníficos chanclos de cuero y se dirigió a la puerta de servicio. Salió a la escalera, donde permaneció unos instantes, y después entró y guardó los chanclos en la despensa.

—¿Los ha entregado usted? —preguntó Pérsikov, furibundo.

—Sí, señor.

—A ver, el recibo.

—Pero, Vladímir Ipátievich, ¡usted sabe que el presidente es analfabeto!

—Quiero el recibo y ahora mismo. Si el presidente no sabe escribir, ¡que firme por él cualquier hijo de perra!

Maria Stepánovna asintió con la cabeza y se marchó despavorida. Al cabo de un cuarto de hora regresó con la siguiente nota: «Recibidos del profesor Pérsikov 1 par (uno) de chanclos. Firmado: Kolesov».

—¿Y eso qué es?

—La ficha, señor.

Pérsikov tiró la ficha al suelo, la pisoteó y metió el recibo bajo el pisapapeles. Pero enseguida cruzó por su mente una idea sombría, porque se precipitó hasta el teléfono, llamó al instituto y preguntó a Pankrat si todo iba bien. Pankrat gruñó algo al auricular, de lo que podía deducirse que, a su entender, todo marchaba bien. Pero la tranquilidad de Pérsikov no duró más de un minuto. Volvió a coger enfurruñado el teléfono y dijo:

—Póngame con la Dirección Nacional de Seguridad, en la Lubianka. Gracias… Oiga, ¿a quién de ustedes debo informarle de que en mi casa se presenta toda clase de sujetos sospechosos, y además con chanclos? Sí, soy el profesor Pérsikov, de la IV Universidad…

La comunicación se cortó bruscamente.

Pérsikov se apartó del teléfono echando maldiciones en voz baja.

—¿Va a tornar té, Vladímir Ipátievich? —preguntó con timidez Maria Stepánovna asomándose por la puerta del despacho.

—No quiero ningún té… ¡Y que el diablo se los lleve a todos…! Y, además, ¡están todos locos!

No habían transcurrido ni diez minutos cuando Pérsikov ya tenía nuevas visitas en su despacho. Esta vez eran tres los visitantes. Uno de ellos era un hombre de aspecto muy agradable, rollizo y de finos modales. Vestía una discreta guerrera de color caqui y unos pantalones de montar. Llevaba unos quevedos, posados sobre la nariz como una mariposa de cristal. Ciertamente, parecía un querubín con botas de charol. El segundo visitante era bajito, de aspecto terriblemente lúgubre. Vestía de paisano y parecía encontrarse muy incómodo con aquel traje de civil. El tercer visitante se comportó de manera muy extraña, pues se negó a entrar en el despacho del profesor, de modo que se quedó en la oscura antesala, desde donde podía observar perfectamente todo el despacho, sumergido en una nube de humo de tabaco. Este tercer hombre también vestía de paisano, y llevaba lentes ahumados.

Los dos que entraron en el despacho acribillaron a Pérsikov a preguntas; examinaron atentamente la tarjeta del anterior visitante, e interrogaron al profesor sobre los cinco mil rublos, pidiéndole asimismo la descripción del individuo.

—¡Y yo qué sé! —murmuró Pérsikov—. Tenía una cara repulsiva. Un degenerado, eso es.

—¿Y no tenía un ojo de cristal? —preguntó el hombre rechoncho con voz ronca.

—¡Yo qué sé! Pero no, creo que no, porque no cesaba de mover los ojos.

—¿Será Rubinstein? —le preguntó en voz muy queda el hombre querubín al bajito de paisano.

Pero este negó con la cabeza, frunciendo el ceño.

—No, Rubinstein jamás daría nada sin un recibo a cambio —murmuró—. Esto no es cosa suya, sino de alguien más importante.

El detalle de los chanclos provocó una explosión de vivísimo interés por parte de los visitantes. El hombre querubín marcó el número de teléfono de la junta de inquilinos y se limitó a pronunciar unas pocas palabras: «La Dirección Nacional de Seguridad requiere la presencia inmediata del secretario de la junta de inquilinos, Kolesov, en el piso del profesor Pérsikov, y con los chanclos». Kolesov llegó al instante.

Entró con el rostro lívido en el despacho y con los chanclos en la mano.

—Vasenka —dijo el hombre querubín con voz suave dirigiéndose a su compañero que se había quedado en la antesala.

Este se levantó con desgana y entró en el despacho arrastrando perezosamente los pies. Los lentes ahumados le ocultaban por completo los ojos.

—¿Qué pasa? —preguntó lacónico y con apatía.

—Esos chanclos.

El hombre de los lentes ahumados echó una ojeada a los chanclos, y en aquel mismo instante a Pérsikov le pareció ver tras los oscuros cristales unos ojos no ya adormecidos, sino penetrantes como agujas. Pero enseguida volvieron a quedar ocultos.

—¿Qué dices, Vasenka?

Aquel a quien llamaban Vasenka respondió con la misma desgana de antes:

—Son de Pelenzkovski. Está claro.

A partir de aquel momento, la junta de inquilinos se vio privada del donativo del profesor Pérsikov, y los chanclos desaparecieron envueltos en un periódico. El hombre querubín, sumamente contento, se levantó y le estrechó la mano al profesor. Incluso pronunció una breve alocución, cuyo contenido aproximado se reducía a lo siguiente: «Ha sido un hermoso gesto por parte del profesor... El profesor puede estar completamente tranquilo... Nadie volverá a molestarle ni en casa ni en el instituto... Se tomarán medidas para que sus cámaras se hallen bajo una absoluta seguridad... etcétera».

—Oiga, ¿y no podrían ustedes fusilar a unos cuantos periodistas? —preguntó Pérsikov, mirando por encima de las gafas.

Aquella pregunta regocijó en grado sumo a los tres visitantes. No solo el bajito y huraño, sino que incluso el de los lentes ahumados sonrió en la antesala. Radiante y vivaz, el que parecía un querubín le explicó al profesor que aquello era imposible.

—Bueno, ¿y quién era ese canalla que vino a verme?

La sonrisa desapareció al instante de los rostros. El hombre querubín contestó con evasivas, diciendo que debía de ser algún estafador de poca monta, que no había que darle demasiada importancia; no obstante, él le rogaba al profesor que guardase sobre aquel incidente el más estricto secreto. Seguidamente, los tres visitantes se marcharon.

Pérsikov volvió a su despacho, dispuesto a estudiar unos diagramas, pero tampoco pudo. En aquel instante sonó el teléfono y una voz femenina le preguntó si deseaba casarse con una viuda bien parecida y apasionada, y, además, propietaria de un hermoso piso con siete habitaciones. A lo que Pérsikov respondió:

—Le aconsejo que vaya a visitar al doctor Rossolimo para que la trate…

Poco después hubo otra llamada. Al coger el auricular, el profesor se quedó algo turbado, pues se trataba de una alta personalidad del Kremlin que se interesaba por su trabajo y expresaba sus deseos de visitar el laboratorio. Después de esa llamada, Pérsikov, enjugándose el sudor de la frente, optó por descolgar nuevamente el teléfono. Pero entonces, desde el piso de arriba, donde vivía el director de una fábrica textil, resonó un estruendo de trompetas y se elevaron los clamores de las Valquirias. Evidentemente, el inquilino estaba escuchando por la radio el concierto de música de Wagner, retransmitido en directo desde el teatro Bolshói. En medio de aquel estrépito de voces e instrumentos que se filtraba a través del techo, Pérsikov le anunció a Maria Stepánovna que iba a presentar una demanda contra el vecino, que subiría a su piso y le destrozaría la radio, y que se marcharía de Moscú, porque, por lo visto, se habían propuesto acabar con él. Pero lo que acabó roto en mil pedazos fue una lupa, hasta que por fin se quedó dormido en el diván del despacho, al dulce son de los acordes de un famoso pianista que tocaba en el teatro Bolshói.

El día siguiente también le tenía reservadas varias sorpresas. Al llegar, como de costumbre, en tranvía al instituto, Pérsikov se tropezó en la entrada con un desconocido que lucía un elegante bombín verde. El desconocido miró con fijeza a Pérsikov, pero no le dijo nada, por lo que el profesor pasó de largo en silencio. Pero en el vestíbulo del instituto, además del azorado Pankrat, apareció un segundo bombín, quien le saludó atentamente:

—Buenos días, ciudadano profesor.

—¿Qué quiere? —preguntó Pérsikov con ferocidad, mientras se quitaba el abrigo con ayuda de Pankrat.

Pero el segundo bombín se apresuró a calmar al profesor, murmurándole al oído que no debía inquietarse, que él estaba allí precisamente para librar al profesor de visitas inoportunas, y que el profesor podía confiar no solo en la seguridad de las puertas de su despacho, sino incluso de las ventanas. Al decir esto, el desconocido levantó rápidamente la solapa dejando ver una insignia.

—Ah… ¡Hay que ver qué bien funciona su departamento! —comentó Pérsikov, y preguntó con toda ingenuidad—: ¿Y qué comerá usted aquí?

El bombín sonrió y le dijo que irían a relevarlo. Los tres días siguientes transcurrieron de manera inmejorable. Pérsikov recibió dos visitas del Kremlin y examinó a varios estudiantes, de los cuales ni uno solo se salvó de la escabechina. En sus rostros podía percibirse el terror supersticioso que les inspiraba el profesor Pérsikov.

—Más vale que se haga cobrador de autobús, joven. No sirve usted para dedicarse a la zoología. —La voz del profesor se oía desde el despacho.

—¿Es muy estricto? —le preguntó el bombín a Pankrat.

—¡Uf, que Dios nos asista! —contestó Pankrat—. Si por casualidad alguno logra aprobar, el pobre muchacho saldrá tambaleándose y sudando la gota gorda, y se irá derechito a la taberna.

Ocupado en todas estas tareas, transcurrieron tres días sin que el profesor se diese cuenta del paso del tiempo, pero, al llegar el cuarto día, tuvo que volver a la realidad, y se debió a una voz aguda y chillona que sonó en la calle.

—¡Vladímir Ipátievich! —gritó la voz, que se coló en el despacho, desde la calle Herzen, por la ventana abierta.

El que llamaba tuvo suerte, pues Pérsikov, agotado por el incesante trabajo de los últimos días, estaba descansando en aquel momento en un sillón, fumando apaciblemente y con la mirada perdida. Tenía los ojos enrojecidos y estaba completamente agotado. Así que cuando oyó una voz fue la curiosidad la que lo llevó a asomarse a la ventana y ver a Alfred Bronski parado en la acera. El profesor no tuvo ninguna dificultad en reconocerlo, gracias a su sombrero puntiagudo y a su eterno bloc de notas en la mano. Bronski hizo una reverencia respetuosa y tierna a la vez en dirección a la ventana.

—Ah, es usted —dijo el profesor.

Ya no tenía fuerzas ni para enfadarse e incluso se sintió intrigado por saber qué ocurriría después. En lo alto de la ventana el profesor se sabía a salvo de Bronski. El bombín que montaba guardia en la calle se volvió inmediatamente hacia Bronski, el cual esbozó la más amable y dulce de las sonrisas.

—¡Solo una pareja de minutos, querido profesor! —exclamó Bronski desde la calle, alzando la voz para hacerse oír—. Desearía hacerle solamente una pregunta relacionada con la zoología. ¿Puedo hacérsela?

—Pregunte —contestó Pérsikov, lacónico e irónico a la vez, mientras pensaba: «Este granuja realmente tiene cierto aire americano».

—¿Qué me dice usted respeto a las gallinas, querido profesor? —gritó Bronski, ahuecando las manos a modo de megáfono.

Pérsikov se quedó perplejo. Se sentó en el antepecho de la ventana, se levantó, por fin pulsó un botón y le gritó a Pankrat, señalando la ventana:

—Pankrat, deja entrar al tipo que está en la calle.

Cuando Bronski apareció en el despacho, Pérsikov, en un arrebato de amabilidad, le gritó:

—¡Siéntese!

Bronski, eufórico y sonriente, se sentó en el taburete giratorio.

—Oiga, explíqueme una cosa —dijo Pérsikov—. Usted es uno de esos que escriben en los periódicos, ¿no?

—Sí, señor —afirmó con respeto Alfred.

—Pues no comprendo cómo puede usted escribir si ni siquiera sabe hablar ruso correctamente. ¿Qué es eso de «una pareja de minutos», o «respeto a las gallinas»? Habrá querido decir usted «sobre» o «respecto a» las gallinas.

Bronski soltó una risita cohibida y respetuosa.

—Valentin Petróvich se encargará de corregirlo.

—¿Quién es Valentin Petróvich?

—El jefe de la sección literaria.

—Bueno, tampoco yo soy filólogo. Dejemos a un lado a su Petróvich. ¿Qué quiere saber exactamente sobre las gallinas?

—Pues todo, todo lo que usted quiera decirme, profesor —contestó Bronski preparando el lápiz.

Los ojos de Pérsikov centellearon triunfantes.

—No debería haber acudido a mí, puesto que no soy especialista en aves. Mejor sería que se dirigiera al profesor Yemelián Ivánovich Portugalov, de la I Universidad. Yo, personalmente, sé muy poco…

Bronski seguía sonriendo, dando así a entender que había captado la broma del querido profesor. «Una broma, poca cosa», anotó en su bloc.

—Pero si tiene usted especial interés, no veo inconveniente en decirle lo que sé. Las gallinas, llamadas también crestáceas, son una especie de aves del orden de las gallináceas, de la familia de los faisánidos... —explicó Pérsikov con voz clara y potente, sin mirar a Bronski, con la mirada dirigida a un auditorio imaginario de mil personas—. De la familia de los faisánidos... *Phasianidae*. Poseen una cresta carnosa en lo alto de la cabeza y dos lóbulos bajo la mandíbula inferior... Hum, si bien hay algunas que poseen solo un lóbulo en el centro... Bien, ¿qué más? Tienen las alas cortas y redondeadas, la cola de escasa longitud, con el plumaje en capas, de forma algo convexa, que yo llamaría de tejado a dos vertientes. Las plumas del centro están ligeramente curvadas en forma de hoz... ¡Pankrat! Trae del otro despacho el modelo setecientos cinco, un gallo seccionado. Bueno, quizá no necesite usted verlo. ¡Pankrat, no traigas nada! Le repito que yo no soy especialista en aves, y que es mejor que vaya usted a ver a Portugalov... Solo conozco seis tipos de gallinas que viven en estado salvaje... ¡Hum...! Portugalov sabe más... Las hay en la India y en el archipiélago malayo. Por ejemplo, el gallo Kazintu, que suele habitar al pie de los montes del Himalaya, en toda la India, en Assam y en Birmania... El llamado *Gallus varius*, que tiene la cola bifurcada, se encuentra en las islas Sumbawa, Lombok, Flores y otras. En la isla de Java existe un magnífico tipo de gallo, llamado *Gallus aeneus*, y en el sudeste de la India le puedo recomendar el gallo de Sonnerat, muy vistoso también. Si quiere, después le enseñaré un dibujo. Bien, y, en cuanto a Ceilán, es el único lugar donde existe el famoso gallo de Stanley.

Bronski, los ojos como platos, tomaba notas a toda prisa.

—¿Desea saber alga más?

—Quisiera saber algo acerca de las enfermedades de esos animales —murmuró Alfred.

—¡Hum…! No soy un experto en eso… más vale que pregunte usted a Portugalov. Pero en fin… Puedo nombrarle la tenia, las sanguijuelas, ácaros de la sarna, la escrófula, las garrapatas pajareras, los piojos, las pulgas, el cólera aviar, la bronconeumonía diftérica de las mucosas, la neumonomicosis, la tuberculosis, la sarna aviar, y otras muchas enfermedades que pueden darse en las aves. —Pérsikov se interrumpió un instante, con los ojos brillantes, y luego prosiguió—: Además, también puede haber envenenamiento por cicuta virosa, tumores, raquitismo, ictericia, reumatismo, hongo *Achorion schoenleinii;* esta última es una enfermedad muy interesante. Produce unas pequeñas manchas, parecidas al moho, en la cresta del ave enferma…

Bronski se enjugó el sudor de la frente con un pañuelo de colores.

—¿Y cuál cree usted que puede ser la causa de la actual catástrofe, profesor?

—¿Qué catástrofe?

—¿Cómo? Pero ¿no lo ha leído usted en el periódico? —preguntó Bronski, asombrado, y sacó de su cartera un ejemplar arrugado del diario *Izvestia.*

—No leo los periódicos —repuso Pérsikov, frunciendo el ceño.

—Oh, profesor, pero ¿por qué? —preguntó Alfred en un tono suave.

—Porque solo dicen tonterías —respondió Pérsikov sin pensarlo demasiado.

—Pero ¿cómo puede decir usted algo así, profesor? —se lamentó Bronski, mientras abría el periódico.

—¿Qué es eso? —murmuró Pérsikov, levantándose instintivamente de la silla.

Ahora era Bronski al que le brillaban de alegría los ojos. Señaló con una uña esmaltada y afilada el enorme titular que ocupaba media página del periódico: PESTE AVÍCOLA EN LA REPÚBLICA.

—Pero ¿cómo? —balbució nuevamente Pérsikov subiéndose las gafas sobre la frente…

# 6

## Moscú, junio de 1928

La ciudad ofrecía un aspecto resplandeciente, con sus luces danzantes, que se apagaban y encendían por doquier. Por la plaza del Teatro se entrecruzaban las luces blancas de los autobuses y las verdes de los tranvías. En lo alto de los antiguos grandes almacenes Muir & Mirrielees, por encima del décimo piso que habían añadido después, un anuncio luminoso representaba a una mujer eléctrica y multicolor saltando, y a cada movimiento suyo se encendía una letra que era parte de una frase también multicolor: CRÉDITO OBRERO. El jardincillo delante del teatro Bolshói, en cuyo centro había una espléndida fuente luminosa, estaba abarrotado de gente. Un potente altavoz instalado en lo alto del teatro rugió:

«La vacunación avícola en el Instituto Veterinario de Lefortovo ha dado excelentes resultados. En el día de hoy el número de muertes de gallinas se ha reducido a la mitad».

Después el altavoz cambió bruscamente de tono; emitió un chasquido y, tras una serie de agudos silbidos, por fin prosiguió una voz de bajo:

«Ha sido nombrada una comisión especial para la lucha contra la peste avícola. Dicha comisión está formada por el comisario popular de Sanidad, el comisario popular de Agricultura, el director general de Ganadería camarada Ptakha-Porosyuk; los profesores Pérsikov y Portugalov, así como el camarada Rabinóvich. ¡La peste es un nuevo intento de subversión extranjero!», reía y gritaba el altavoz como un chacal.

Las calles más céntricas, como la del Teatro, Neglinnaya y Lubianka, presentaban un aspecto rutilante y caótico, con los focos de los automóviles, las luces de los anuncios, el trompeteo de las bocinas y las nubes de polvo. La gente se aglomeraba junto a los enormes anuncios pegados a las paredes e iluminados por potentes reflectores rojos.

«Queda terminantemente prohibido a la población, bajo penas de severas sanciones, alimentarse de huevos y carne de ave. Las personas que intenten vender dichos alimentos en los mercados se verán sujetas a responsabilidad criminal y a la confiscación de todos sus bienes. Todos los ciudadanos que dispongan de huevos deberán entregarlos de inmediato a la comisaría del distrito».

En la pantalla instalada en lo alto de la redacción de la *Gaceta Obrera* se proyectaban escenas insólitas. Se veía una verdadera montaña de aves muertas apiladas hasta el cielo, alrededor de la cual iban y venían bomberos de un color verdoso, cuyas figuras se fragmentaban en medio de una lluvia de destellos luminosos, que con enormes mangueras lo rociaban todo con gasolina.

Entonces, unas lenguas de fuego rojas ocuparon toda la pantalla, al tiempo que emanaba un humo mortal, arremolinándose en nubes, que ascendían en forma de columna, mientras al pie de la imagen surgía un letrero entre llamas: QUEMA DE AVES MUERTAS EN JODYNKA.

Entre los escaparates iluminados de las tiendas, que permanecían abiertas hasta las tres de la madrugada con una breve pausa para comer y otra para cenar, las ventanas tapiadas, bajo letreros que decían VENTA DE HUEVOS. CALIDAD GARANTIZADA, parecían agujeros ciegos. A menudo se oía una sirena y seguidamente aparecía un automóvil con la inscripción SANIDAD DE MOSCÚ. AMBULANCIA. Al pasar la ambulancia a toda velocidad, dejando atrás a los guardias y adelantando autobuses, se elevaba un murmullo entre la multitud:

—Ahí va otro que se ha dado un atracón de huevos podridos.

El mundialmente famoso restaurante Empire de la calle Petrovka brillaba con sus farolillos verdes y anaranjados; en el interior, sobre las mesas, junto a los teléfonos portátiles, había una nota escrita sobre un cartón con manchas de vino. La nota advertía: «Por orden de la autoridad quedan suprimidas las tortillas. Hay ostras frescas».

En los jardines del Ermitage, rebosantes de verde follaje y en cuya espesura se ocultaban tenues farolillos chinos, tenía lugar una función de teatro al aire libre. En el escenario, bañado de una luz cegadora, actuaban los cupletistas Shrams y Karmánchikov, marcando un alegre zapateado y cantando canciones satíricas compuestas por Ardo y Argúyev:

*¡Ay, mamaíta!*
*¿Qué voy a hacer*
*sin huevos?*

El teatro Meyerhold tampoco se quedaba en zaga. Como es sabido, Vsévolod Meyerhold había muerto en 1927 durante el montaje de la tragedia de Pushkin, *Borís Godunov*, al caerle encima los trapecios que sostenían a un grupo de boyardos desnudos. Dicho teatro había montado un gran cartel luminoso anunciando la obra de Erendorg, *La despedida de las gallinas*, con escenografía del gran realizador Kuhterrnan, discípulo del difunto Meyerhold y director emérito de la República. El teatro Acuario, al lado del anterior, profusamente engalanado con luces multicolores y el brillante señuelo de un cuerpo de mujer, presentaba en su escenario al aire libre la revista del escritor Leníviev titulada *Los hijos de la gallina*. El público aplaudía con frenesí. Por la calle Tverskaya desfilaba una hilera de burros de circo engalanados con un farolillo a cada lado del hocico. Los animales llevaban sobre el lomo un gran cartel que anunciaba la próxima reposición del *Chantecler*, de Rostand, en el teatro Korsh.

Los chiquillos vendedores de periódicos vociferaban, intentando hacerse oír por encima del ruido de los automóviles.

—¡Estremecedor hallazgo en una cueva! ¡Polonia se prepara para una guerra terrible! ¡Horribles experimentos del profesor Pérsikov!

En el antiguo circo Nikitin, sobre su pista terrosa y oscura de la que emanaba un agradable olor a estiércol, el payaso

Bom, de rostro blanco como el papel, le decía a su compañero, el gordinflón Bim, vestido a cuadros e hinchado por la hidropesía:

—¡Ya sé por qué estás tan triste!

—¿Por qué? —preguntó Bim con voz chillona.

—Porque has enterrado tus huevos en el huerto y la policía del distrito los ha encontrado.

—¡Ja, ja, ja!

Todo el circo retumbaba al son de las carcajadas, de tal manera que los trapecios y las redes oscilaban suavemente bajo su vieja cúpula. Aquella impresionante alegría contenía un matiz de tristeza.

—¡Hop! —gritaron los payasos, y al instante apareció en la pista un lustroso caballo blanco que llevaba sobre las grupas a una mujer increíblemente hermosa, de esbeltas y largas piernas y vestida con un maillot rojo.


El profesor Pérsikov, coronado de gloria de tan inesperada manera, caminaba solitario y ensimismado por la calle Mokhovaya, sin mirar a nadie, sin ver nada a su alrededor, sin hacer caso de los empujones ni de las susurrantes voces de reclamo de las prostitutas. Al llegar a la plaza Manezh, donde había un gran reloj luminoso, Pérsikov, siempre absorto en sus pensamientos, tropezó con un hombre de aspecto extraño y anticuado. Al chocar con él, el profesor se lastimó los dedos de una mano golpeándoselos contra la pistola que el individuo llevaba en la cintura, protegida por una funda de madera.

—¡Diablos! —exclamó Pérsikov, y añadió seguidamente—: Perdone.

—¡Discúlpeme! —respondió el individuo con una voz tan extraña y desagradable como su aspecto.

Ambos consiguieron alejarse el uno del otro en medio de la multitud. El profesor prosiguió su camino hacia casa olvidando por completo el incidente.

# 7

## Fatalov

Aún no se sabe realmente cómo ni por qué se contuvo la peste. Quizá fueran muy eficaces las vacunas veterinarias de Lefortovo, o muy oportunas las barreras de protección que se organizaron en Samara. Tal vez fuesen acertadas las drásticas medidas que se tomaron contra los revendedores de huevos en las provincias de Kaluga y Vorónezh, o quizá la comisión extraordinaria, formada en Moscú, funcionase de manera inmejorable. Lo que sí se sabe con certeza es que, dos semanas después de la célebre entrevista de Alfred Bronski con Pérsikov, la peste avícola se había erradicado por completo del país. En los gallineros aún se veían diseminadas algunas plumas, que con su triste recuerdo hacían asomar las lágrimas a los ojos de sus dueños, mientras en los hospitales convalecían los últimos glotones, entre ataques de disentería y vómitos. Afortunadamente, el número de fallecidos en toda la República no pasó de mil. Tampoco hubo grandes disturbios, si bien es cierto que en Volokolamsk apareció un profeta proclamando que la verdadera culpa de la peste recaía en los comisarios populares. Pero su profecía no tuvo gran aceptación. En el mercado de dicha ciudad fueron apaleados unos policías, tras intentar quitarles las gallinas a unas mujeres. Algunos de los agitadores rompieron los cristales de las oficinas locales de Correos. Afortunadamente, las eficientes autoridades de Volokolamsk se apresuraron a tomar medidas radicales, con resultados positivos, a saber: a) no hubo más profetas; b) sí hubo cristales nuevos en las ventanas de Correos.

En su veloz avance hacia el norte, la peste había llegado hasta la ciudad de Arcángel y de Syumkin Vyselok, y, una vez allí, se detuvo por la sencilla razón de que ya no tenía adónde ir, pues, como es de sobra conocido, en el mar Blanco no hay gallinas. Lo mismo ocurrió en Vladivostok, situado al borde del Pacífico. En el sur, la peste se extinguió al alcanzar los límites desérticos de Ordubat, Djelfa y Karabulak, mientras que en la región occidental se había detenido de manera realmente milagrosa en la mismísima frontera con Polonia y Rumanía. Quizá fuera debido a la diferencia de clima, o a la eficacia de las barreras sanitarias, pero lo cierto es que la peste no traspasó las fronteras. Mientras la prensa extranjera, ávida de sensacionalismo, comentaba acaloradamente aquella peste inaudita en la historia, el Gobierno de las Repúblicas Soviéticas desplegó todas sus fuerzas en una labor silenciosa y eficaz. La comisión especial para la lucha contra la peste fue rebautizada con el pomposo nombre de Comisión Extraordinaria para el Fomento de la Avicultura, aumentando el número de sus miembros hasta dieciséis. Se fundó también la Sociedad Protectora de Gallinas, y los profesores Pérsikov y Portugalov fueron nombrados vicepresidentes honorarios de la misma. Los periódicos publicaron sus fotografías, al pie de las cuales podía leerse: «Importación de grandes cantidades de huevos del extranjero», o bien: «El señor Hughes pretende sabotear nuestra campaña de los huevos». Y, finalmente, lo que causó verdadera sensación en todo Moscú fue un artículo del periodista Kolechkin, escrito en un tono humorista y venenoso, que concluía con las siguientes palabras: «Señor Hughes, no les eche el ojo a nuestros huevos, ¡ya tiene sus propios huevos!».

El profesor Pérsikov estaba completamente agotado a causa del enorme trabajo que había realizado en las tres semanas anteriores. Los acontecimientos recientes habían trastocado su ritmo habitual de vida y le habían echado encima una carga doble. Se pasaba tardes enteras en las sesiones de toda clase de comisiones avícolas y, además, de vez en cuando, tenía que soportar interminables entrevistas con Alfred Bronski y con el gordo ortopédico. Junto con el profesor Portugalov y los ayudantes Ivanov y Borngart, tuvo que practicar numerosas autopsias de aves muertas, examinarlas a través del microscopio en busca del bacilo de la peste, y, por si eso fuera poco, empleó tres tardes en escribir a toda prisa un folleto titulado: «Modificaciones hepáticas en las aves afectadas por la peste».

Pérsikov participó en la campaña avícola sin gran entusiasmo, lo cual resulta comprensible, pues su mente seguía ocupada en aquello que era lo más importante para él y de lo cual le había apartado temporalmente la catástrofe avícola: el rayo rojo. El profesor se pasaba noches enteras yendo y viniendo de la cámara al microscopio, robándole horas al sueño y a la comida, sin volver a casa, hasta que se quedaba dormido en el sofá de hule de su despacho en el instituto. Todo eso iba minando su salud, bastante delicada de por sí.

Hacia finales de julio la situación general se calmó bastante. La comisión extraordinaria entró en una rutina normal de trabajo, con lo cual Pérsikov también pudo volver al suyo. Se hicieron nuevos preparados para los microscopios, mientras en la cámara, bajo los efectos del maravilloso rayo, maduraban con increíble precocidad los huevos de rana y de pez. Las lunas hechas por encargo fueron traídas de Königsberg en un avión especial y durante los últimos días del mismo mes de julio se montaron dos nuevas cámaras, bajo la vigilancia y órdenes de Ivanov. El rayo obtenido en estas nuevas cámaras era realmente extraordinario, pues en su base tenía una superficie igual a una cajetilla de cigarrillos, mientras que en el extremo opuesto alcanzaba la anchura de un metro. Pérsikov, a la vista de todo eso, se frotó las manos con satisfacción e inició los preparativos para una serie de experimentos misteriosos y complicados. Lo primero que hizo fue llamar por teléfono al comisario popular de Educación, el cual le contestó en tono amabilísimo, prometiéndole toda clase de facilidades. Seguidamente, Pérsikov telefoneó al jefe de la Sección de Ganadería, Ptakha-Porosyuk, quien le atendió de mil amores. Se trataba de un gran pedido que había que hacer al extranjero, un pedido especial para el profesor Pérsikov, y Ptakha-Porosyuk le aseguró que inmediatamente iba a mandar sendos cables a Berlín y a Nueva York. Después fue el propio Pérsikov quien recibió una llamada del Kremlin, y una voz grave y paternal le preguntó si deseaba tener un automóvil a su disposición.

—No, muchas gracias. Prefiero ir en tranvía —respondió Pérsikov.

—Pero ¿por qué? —preguntó la voz misteriosa con un tono ligeramente burlón.

De algún tiempo a esta parte, a Pérsikov se le trataba con respeto y admiración, o, por el contrario, con burlona condescendencia, como a un niño grande.

—Pues, porque va más deprisa —contestó Pérsikov, después de lo cual la sonora voz del auricular se limitó a decir: «Como usted quiera».

Transcurrió otra semana. El alboroto ocasionado por la cuestión avícola se iba acallando paulatinamente, y Pérsikov se sumió por completo en sus investigaciones acerca del rayo. Agotado por el trabajo y la falta de sueño, sentía una extraña sensación en la cabeza, como si se le hubiese tornado ligera y transparente. Las ojeras y la irritación de los párpados se le habían hecho crónicas. Casi siempre se quedaba a dormir en el instituto. Una sola vez abandonó su refugio zoológico para dar una conferencia en la enorme sala de la Comisión Central para la Mejora de las Condiciones de Vida de los Científicos (CCMVC), en la calle Prechístenka. El tema de la conferencia era el rayo rojo y sus efectos sobre el óvulo. Aquello constituyó un verdadero triunfo para el excéntrico zoólogo. El estruendo de los aplausos fue tal que saltaron trozos de estuco del techo, mientras las silbantes lámparas de arco iluminaban los esmóquines negros de los miembros del club y los vestidos blancos de las damas. En el entarimado, al lado de la tribuna del conferenciante, había una mesa de cristal con un plato, sobre el que se veía a una rana del tamaño de un gato. El pobre animal tenía la piel grisácea y parecía respirar con dificultad. El público hizo llegar varias notas al conferenciante. Siete de ellas eran de contenido amoroso y Pérsikov las rompió inmediatamente. El presidente del CCMVC lo arrastró al entarimado a saludar. Pérsikov se inclinaba con gran nerviosismo. Se notaba las manos empapadas de sudor y su corbata negra estaba torcida, con el nudo del lado de la oreja izquierda. Veía ante sí a cientos de rostros amarillentos envueltos en una neblina, en la cual destacaban las pecheras blancas de los hombres. De pronto, en medio de esa muchedumbre, Pérsikov vislumbró la funda amarilla de una pistola, que se ocultó rápidamente tras una columna. Fue una visión momentánea y Pérsikov la olvidó enseguida. Pero cuando ya se marchaba, al bajar por la escalera central, tapizada con una alfombra roja, el profesor sintió que se mareaba. En un instante todo se oscureció ante sus ojos, la cabeza empezó a darle vueltas y sintió náuseas… Le pareció incluso que olía a quemado, que un chorrito de sangre caliente y pegajosa le corría por el cuello… El profesor se agarró con mano temblorosa a la barandilla de la escalera.

A su alrededor se oyeron voces alarmadas:

—¿Se encuentra mal, Vladímir Ipátievich?

—No, no —murmuró Pérsikov, recobrándose—; se debe simplemente al extremo cansancio… eso es… Un vaso de agua, por favor.

Era un espléndido día de agosto, pero, evidentemente, la luz del sol le resultaba molesta al profesor, por lo que tenía las cortinas del despacho corridas. Solo una lámpara flexible de pie arrojaba un intenso haz luminoso sobre la mesa, atestada de toda clase de instrumentos y objetos de vidrio. Pérsikov, reclinado en el respaldo de su taburete giratorio, fumaba completamente agotado. Sus ojos irritados, de mirada algo turbia a causa del cansancio, pero satisfecha, no se apartaban de la portezuela entreabierta de la cámara, donde reposaba silencioso el rayo rojo, recalentando aún más el aire viciado del despacho.

Alguien llamó a la puerta.

—¿Qué hay? —preguntó Pérsikov.

La puerta rechinó suavemente y entró Pankrat. Se quedó inmóvil en el umbral, en posición de «firmes», y, palideciendo como si se encontrase frente a una divinidad, pronunció:

—Señor profesor, ha venido un tal Fatalov, que quiere verle.

Algo parecido a una sonrisa afloró en el rostro del científico. Entornó los ojos y dijo:

—Muy interesante. Pero estoy ocupado.

—Es que dice que trae un papel oficial del Kremlin.

—¿Fatalov y además con una orden judicial del Kremlin? ¡Qué curiosa coincidencia! —comentó Pérsikov, y añadió—: Bien, hazlo pasar.

—Sí, señor —contestó Pankrat deslizándose por la puerta como una culebra.

Al cabo de un minuto la puerta volvió a chirriar, dejando paso a un hombre. Pérsikov dio media vuelta sobre su taburete y miró fijamente al desconocido por encima de las gafas. El profesor no se interesaba demasiado por lo que ocurría en la calle y permanecía algo apartado de todo, pero, a pesar de ello, reparó enseguida en el aspecto terriblemente anticuado de aquel personaje. En 1919, aquel sujeto habría encajado a la perfección en el ambiente general de la capital; en 1924 habría sido todavía tolerable; pero ya en 1928 resultaba francamente extraño. Cuando todo el mundo, incluso la parte más reacia del proletariado, los panaderos, había adoptado el uso de la chaqueta, cuando ya rara vez se veía por Moscú una guerrera, caída en desuso después de 1924, aquel extraño personaje vestía un chaquetón de cuero con doble solapa, pantalones verdes, calzaba polainas y botas militares, y en un costado llevaba un enorme pistolón también anticuado, del modelo Mauser, protegido por una raída funda amarilla. A Pérsikov, el rostro del desconocido le causó la misma impresión que solía causar a todo el mundo, es decir, muy desagradable. Sus ojillos miraban con asombro y al mismo tiempo con firmeza. Su rostro, aunque bien afeitado, tenía un tinte azulado a causa de su barba cerrada. Sus piernas cortas y los pies planos le daban cierto aire impertinente a su figura. Pérsikov frunció el entrecejo, giró con altanería su taburete y, mirando fijamente al desconocido a través de los cristales de las gafas, le espetó:

—Así que trae usted una orden judicial, ¿no? ¿Dónde está?

El desconocido se hallaba visiblemente impresionado por lo que veía y se quedó turbado, aunque por lo general era difícil que algo le desconcertara. A juzgar por sus inquietos ojillos, lo que más le admiró fue la enorme estantería de doce anaqueles completamente atestados de libros y que llegaba hasta el techo. Lo segundo fueron las cámaras, en las cuales, como en el infierno, temblequeaba un haz de luz roja, aumentado por las lentes. Y, finalmente, el propio profesor Pérsikov, que parecía una figura extraña y majestuosa, sentado en su taburete giratorio junto al delgado chorro de luz de la lámpara, en medio de la penumbra que reinaba en la habitación. El visitante se quedó mirando con fijeza al profesor, pero, a pesar de la arrogancia de aquella mirada, también hubo en ella un destello de respeto. Sin presentar documento alguno, dijo:

—Soy Alexandr Semiónovich Fatalov.

—Bueno, ¿y qué?

—He sido nombrado director de la granja modelo El Rayo Rojo —aclaró el visitante.

—¿Y qué más?

—Pues vengo a verle con una misión secreta.

—Me interesaría conocerla, pero sea breve.

El visitante se desabrochó el chaquetón y sacó del interior un documento escrito sobre un magnífico papel satinado. Se lo tendió al profesor y, sin aguardar invitación alguna, se sentó en un taburete.

—No empuje la mesa —le dijo Pérsikov, con odio.

El visitante miró asustado la mesa, en cuyo extremo opuesto, surgiendo de un hueco negro y húmedo, brillaban unos ojos fríos y mortecinos, como esmeraldas. Un escalofrío le recorrió la espalda.

En cuanto Pérsikov hubo leído la orden, se levantó de un salto y se abalanzó sobre el teléfono. Instantes después, presa de una gran excitación, dijo atropelladamente:

—Perdone, pero no lo entiendo... ¿Cómo es posible? Sin mi consentimiento, sin preguntarme siquiera... Pero ¿quién sabe qué diablos hará este hombre?

Al oír esto, el visitante se volvió hacia el profesor con expresión sumamente ofendida.

—Oiga, que soy el director de...

Pero Pérsikov le amenazó en silencio con un dedo y continuó:

—Perdone, pero sigo sin comprender... No, no, protesto, ¡protesto categóricamente! ¡No doy mi autorización para ninguna clase de experimentos con los huevos! Primero tengo que experimentar yo mismo...

La voz del auricular siguió hablando en tono condescendiente, de manera que incluso a distancia resultaba evidente que estaban tratando al profesor como a un niño pequeño. Pérsikov cortó la conversación colgando con violencia el teléfono. Después, con el rostro congestionado y la mirada clavada en la pared, dijo:

—¡Yo me lavo las manos!

Volvió hacia su mesa, cogió el papel y lo leyó nuevamente de arriba abajo y de abajo arriba, con y sin gafas, y de pronto rugió:

—¡Pankrat…!

Este apareció inmediatamente en la puerta, como en el escenario de un teatro. Pérsikov lo miró con aire distraído y gritó:

—¡Fuera de aquí!

Y Pankrat volvió a desaparecer sin expresar el menor asombro.

Dirigiéndose al intruso, Pérsikov prosiguió:

—Bien, obedezco las órdenes. Eso, al fin y al cabo, no es asunto mío, ni me importa.

La reacción del profesor sorprendió más que ofendió al visitante.

—Perdone, camarada —murmuró—, pero…

—Déjese ya de tanto camarada —le atajó bruscamente Pérsikov, y luego guardó silencio.

En el rostro del visitante se leía la expresión «Sin embargo».

—Le pido…

—Mire usted —le interrumpió Pérsikov—, aquí tiene una lámpara de arco. —Pérsikov soltó ruidosamente la tapa de un aparato que parecía una cámara fotográfica y prosiguió—: Moviendo el ocular así, se obtiene un haz de rayos que pueden captarse mediante el desplazamiento de los objetivos. Aquí tiene el número uno, y aquí el espejo número dos. —Pérsikov apagó el rayo y volvió a encenderlo, enfocándolo sobre el suelo de amianto—. Y ahí, en el suelo de la cámara, puede usted poner todo lo que se le ocurra y, ¡hala!, a hacer experimentos. Bien sencillo, ¿no es cierto?

Pérsikov volcó toda su ironía y su desprecio en aquella explicación, pero el visitante no se dio cuenta del tono, mirando atenta y fijamente la cámara con ojos brillantes.

—Le advierto una cosa —continuó Pérsikov—, no debe exponer las manos al rayo, porque, según he podido observar, produce un desarrollo anormal del epitelio, y, por desgracia, aún no he podido determinar si es maligno o no.

Al oír semejante advertencia, el visitante se apresuró a esconder las manos tras la espalda, dejando caer precipitadamente su gorra de cuero, y miró las manos del profesor. Este las tenía totalmente teñidas de yodo y una de ellas estaba vendada a la altura de la muñeca.

—Pero ¿y usted, profesor?

—Puede comprarse unos guantes de goma en la tienda de Schwabe, en la calle Kuznetsky —respondió el profesor, irritado—. No tengo ninguna obligación de ocuparme de esas cosas.

Tras decir esto, Pérsikov se quedó mirando con fijeza al visitante, como si examinase con lupa un insecto.

—Bueno, vamos a ver, ¿usted quién es? ¿De dónde ha salido?

Esta vez Fatalov se sintió francamente ofendido.

—Perdo…

—¡Quiero saber de qué se trata! ¿A qué viene tanto interés por mi rayo?

—Porque es un asunto de importancia capital y…

—¿Ah, sí? Conque de importancia capital… Entonces… ¡Pankrat!

Cuando este apareció, Pérsikov dijo:

—No, espera un poco; aún tengo que pensarlo.

Y Pankrat desapareció sin rechistar.

—Lo que no comprendo es lo siguiente —prosiguió Pérsikov—: ¿A qué viene tanta prisa y tanto secretismo?

—Mire, profesor —contestó Fatalov—, la verdad es que me tiene completamente desconcertado. Usted debe de saber que no queda una sola gallina en todo el país.

—Bueno, ¿y qué? —gritó Pérsikov—. ¿Acaso pretende usted resucitarlas de la noche a la mañana con la ayuda de un rayo que aún está por investigar?

—Camarada profesor —respondió Fatalov—, le repito que me desconcierta usted. Estoy intentando decirle que es absolutamente imprescindible para nuestro país rehabilitar la avicultura, porque en el extranjero ya están escribiendo toda clase de infamias acerca de nosotros. Es así.

—Pues déjeles que escriban…

—¡Pero, oiga…! —exclamó Fatalov negando con la cabeza con aire enigmático.

—Bueno, y además quisiera saber a quién se le ha ocurrido la idea de incubar los huevos usando mi rayo…

—A mí —se limitó a responder Fatalov.

—¡A-a-ah! Ya… Entonces permítame que le pregunte por qué. ¿Cómo se enteró usted de las propiedades del rayo?

—Asistí a su conferencia, profesor.

—Pero ¡si aún no he experimentado con huevos! Ahora me disponía a hacerlo.

—¡Ya verá usted como todo sale bien! —afirmó de pronto Fatalov con entusiasmo y convicción—. Su rayo es tan fantástico que se pueden criar no ya gallinas, sino elefantes.

—¿Sabe qué le digo? —murmuró Pérsikov—. ¡Lástima que no se haya dedicado usted a la zoología! Haría usted unos experimentos de lo más atrevidos. Sí… solo que en este caso corre usted el riesgo de fracasar… y, además, me está robando mucho tiempo…

—Le devolveremos las cámaras, profesor.

—¿Cuándo?

—Pues en cuanto hayamos obtenido la primera partida de pollos.

—¡Y con qué seguridad lo dice! Está bien. ¡Pankrat!

—No hace falta —lo interrumpió Fatalov—; he traído a obreros y a agentes de seguridad.

Así fue como aquella tarde el despacho de Pérsikov quedó desierto. Las mesas vacías ofrecían un aspecto desolador. Los hombres de Fatalov se llevaron las tres cámaras grandes y al profesor únicamente le dejaron la pequeña, la primera de todas, con la cual había iniciado sus experimentos.

Llegó el crepúsculo estival, invadiendo de tinieblas grises los pasillos del instituto. En el despacho de Pérsikov tan solo se oían los pasos acompasados del profesor, que, sin encender la luz, iba y venía incesantemente de la puerta a la ventana… Cosa extraña, aquella tarde un sentimiento de tristeza se apoderó de todo el personal del instituto e incluso de los animales. Sin razón alguna, los sapos empezaron a croar a coro, organizando un concierto siniestro y deprimente. Pankrat tuvo que correr por los pasillos para atrapar a una culebra que se había escapado de su terrario. Y, aunque logró cogerla, el bicho parecía dispuesto a huir a cualquier sitio con tal de salir de allí.

Ya había oscurecido mucho cuando sonó el timbre en el despacho de Pérsikov. Pankrat acudió a la llamada y se quedó parado en el umbral de la estancia: un cuadro insólito se le ofrecía a la vista. El profesor, triste y solitario, permanecía inmóvil en medio de su despacho contemplando las mesas desiertas. Pankrat carraspeó tímidamente y permaneció en el umbral.

—Fíjate, Pankrat —le dijo Pérsikov, señalando las mesas vacías.

Pankrat se quedó horrorizado, pues le pareció ver lágrimas en los ojos del profesor. Aquello era inaudito, espantoso.

—Sí, señor —contestó Pankrat a punto de romper a llorar, mientras pensaba: «¡Preferiría mil veces que me diera un par de gritos!».

—Fíjate —repitió Pérsikov con los labios temblorosos, igual que un niño que, sin saber por qué, se ve privado de su juguete preferido—. Tú sabes, mi querido Pankrat —prosiguió Pérsikov volviéndose hacia la ventana—, que mi mujer me dejó hace quince años para hacerse cupletista…, y ahora ha muerto. Pues sí, Pankrat, así es la vida… He recibido una carta…

Los sapos hacían oír su canto lastimero. En la grisácea penumbra apenas se distinguía la silueta del profesor. Llegaba la noche…, la noche de Moscú. Aquí y allá se iban encendiendo algunas luces detrás de las ventanas. Pankrat, petrificado de pena y temor, seguía inmóvil en el umbral, en posición de «firmes».

—Puedes irte, Pankrat —murmuró fatigosamente el profesor, despidiéndolo con un gesto de la mano—. Anda, vete a dormir, mi querido Pankrat.

Había anochecido. Pankrat, sin saber por qué, salió de puntillas del despacho. Corrió a su habitación, escarbó en un montón de trapos y sacó una botella de vodka a medio empezar de la cual tomó un largo trago. Acabó el tentempié con un bocado de pan con sal y se sintió algo más confortado.

Aquella misma noche, alrededor de las doce, Pankrat salió descalzo al vestíbulo apenas iluminado del instituto, donde se sentó en un banco y se puso a charlar con el bombín de guardia, que no parecía tener sueño. Pankrat le dijo, al tiempo que se rascaba por debajo de su camisa de algodón:

—Preferiría que me hubiera matado, palabra de honor…

—Pero ¿lloraba de verdad? —preguntó el del bombín con curiosidad.

—¡Y tan de verdad! —afirmó Pankrat.

—Es un gran científico —comentó el bombín—, pero ¡ya se sabe!, las ranas no sustituyen a las mujeres.

—Claro que no —asintió Pankrat. Y, tras reflexionar unos instantes, añadió—: Tengo pensado traerme aquí a la mía… ¿Qué va a hacer sola en el pueblo? Lo malo es que no podrá soportar a todos esos bichos.

—Es natural. ¡Con lo asquerosos que son! —respondió el bombín.

Ni un solo ruido se oyó aquella noche en el despacho del profesor, y tampoco se vio la acostumbrada franja de luz por debajo de la puerta.

# 8

## Incidente en la granja estatal

No hay nada más hermoso que el mes de agosto en toda su plenitud, aunque sea en la provincia de Smolensk. El verano de 1928 fue espléndido, gracias a las oportunas lluvias de primavera, con un sol radiante y, en consecuencia, una óptima cosecha… En la antigua finca de los Sheremétiev, aquel año maduraron hermosas manzanas, reverdecieron los bosques y los campos rectangulares adquirieron una tonalidad amarillenta. Incluso las personas se vuelven mejores en el seno de la naturaleza. El propio Alexandr Semiónovich Fatalov no resultaba tan desagradable como en la ciudad. Se había quitado su horrible chaquetón de cuero y llevaba pantalón de sarga y una camisa de percal desabrochada, que dejaba ver su pecho cubierto de negro y espeso vello. Su rostro estaba moreno y curtido por el sol y sus ojos parecían más sosegados y bondadosos.

Alexandr Semiónovich bajó corriendo los escalones de la terraza flanqueada por columnas, en lo alto del cual había una estrella y un gran letrero que rezaba: GRANJA ESTATAL EL RAYO ROJO, y se dirigió al camión que acababa de llevar las tres cámaras negras, convenientemente protegidas y custodiadas.

Alexandr Semiónovich y sus ayudantes pasaron todo aquel día instalando las cámaras en el invernadero de la antigua finca de los Sheremétiev. Por la tarde todo había quedado listo. En el techo acristalado del invernadero lucía un globo blanco y opaco, y en el suelo de amianto, sobre unos ladrillos, quedaron montadas las tres cámaras. El mecánico que había llegado expresamente para el montaje, después de ajustar y dar vueltas a los tornillos niquelados, encendió el misterioso rayo rojo en las cámaras negras.

Alexandr Semiónovich iba y venía de acá para allá subiendo y bajando la escalera, y comprobando todos los cables.

Al día siguiente, el mismo camión transportó desde la estación tres grandes cajones de magnífica chapa de madera lisa, con multitud de etiquetas y letreros que advertían, con letras negras sobre fondo blanco: VORSICHT. EIER! («Frágil. Huevos»).

—¿Por qué habrán enviado tan pocos? —se preguntó con asombro Alexandr Semiónovich, pero inmediatamente se puso a desempaquetar los huevos.

Dicha operación en la que participaron varias personas, además del propio Fatalov y su esposa Mania, mujer extraordinariamente voluminosa, se verificó dentro del mismo invernadero. Los demás ayudantes eran el vigilante de la granja, un hombre tuerto que en otros tiempos había sido jardinero de los Sheremétiev, el guardia nacional destinado en la granja, y Dunia, la chica de la limpieza. Aquello no era Moscú, y por lo tanto todo tenía un carácter más familiar y amistoso. Alexandr Semiónovich daba órdenes y contemplaba con cariño aquellos cajones, que en medio del invernadero, a la luz suave del atardecer que se filtraba a través de los cristales del techo, parecían un regalo compacto y sustancioso. Mientras tanto el guardia nacional, cuyo fusil reposaba confiadamente junto a la puerta, armado de unas tenazas, iba arrancando los clavos y refuerzos metálicos de los cajones. Se oyeron unos crujidos y se elevó una nube de polvo. Alexandr Semiónovich, arrastrando las sandalias, se afanaba alrededor de las cajas.

—Cuidado, cuidado, por favor —le dijo al guardia—. Mucho cuidado. No olvide que dentro hay huevos.

—Bueno, no les pasará nada —murmuró el soldado del distrito con voz ronca, mientras seguía perforando—. Enseguida termino...

Se oía un «trrr-r-r»..., al tiempo que se levantaba una nube de polvo.

Los huevos iban muy bien embalados. Bajo la tapa exterior de madera había una capa de papel parafinado, después otra capa de papel secante, seguida de una tercera capa de virutas y, finalmente, una masa compacta de serrín, en medio de la cual asomaban las puntas blancas de los huevos.

—¡Esto sí que es un embalaje! —exclamó Alexandr Semiónovich lleno de admiración, introduciendo la mano en el serrín—. ¡Esos extranjeros! Aquí no sabemos hacer las cosas bien. Cuidado, Mania, a ver si rompes alguno.

—Tú estás loco —fue la respuesta de su mujer—. ¡Valiente tesoro! ¡Como si nunca hubiese visto huevos en mi vida! ¡Oh...! Pero ¡si son enormes!

—Claro, extranjeros que son —comentó Alexandr Semiónovich colocando los huevos sobre una mesa de madera—. ¡Esto sí que son huevos y no los que tenemos aquí!
¡Caramba! Seguramente son todos huevos de brahmaputra,
¡maldita sea…! Huevos alemanes…

—Seguro que lo son —afirmó el guardia nacional contemplando con asombro los huevos.

—Lo que no comprendo es por qué están tan sucios
—prosiguió Alexandr Semiónovich con aire meditabun-
do—. Oye, Mania, no los pierdas de vista. Que sigan des-
cargando. Voy a llamar por teléfono.

Con estas palabras, Alexandr Semiónovich cruzó el patio y se dirigió a la oficina de la granja para telefonear.

Esa noche sonó el teléfono en el despacho de Pérsikov.
El profesor se pasó una mano por la cabeza revolviéndose el
cabello y descolgó el aparato.

—¿Diga?

—No se retire, por favor, lo llaman de provincias —dijo
una voz femenina por el auricular.

—Bien, bien, estoy a la escucha —contestó Pérsikov de
mala gana, y aguardó unos instantes, mientras el aparato
emitía unos ruidos extraños.

Por fin una lejana voz masculina, acompañada de sonidos crepitantes, le preguntó con ansiedad:

—¿Hay que lavar los huevos, profesor?

—¿Cómo? ¿Qué dice? —repuso Pérsikov, acabando de
irritarse—. ¿Quién habla?

—Le llamo del pueblo Nikólskoye, de la provincia de
Smolensk —contestó la voz.

—No entiendo nada. No conozco a ningún Nikólskoye. ¿Quién es?

—Soy Fatalov —respondió gravemente la voz.

—¿Qué Fatalov? ¡Ah, ya! Es usted… Bueno, ¿y qué es lo que pregunta?

—Que si hay que lavar los huevos. Acabo de recibir una partida del extranjero…

—Bueno, ¿y qué?

—Pues que vienen todos embadurnados de no sé qué…

—Me parece que se equivoca usted. ¿Cómo pueden estar «embadurnados», como usted dice? Será que se han adherido partículas de estiércol, o alguna otra cosa…

—Entonces ¿no hace falta lavarlos?

—¡Pues claro que no, hombre! ¿Ha empezado ya a cargar los huevos en las cámaras?

—Sí, ya los estoy cargando —respondió la voz del auricular.

—¡Hum! —gruñó Pérsikov.

—Bueno, adiós.

Se oyó un clic en el receptor y luego se hizo el silencio.

—Adiós —repitió Pérsikov con odio mirando al profesor ayudante Ivanov—. ¡Qué le parece ese tipo, Piotr Stepánovich?

Ivanov se echó a reír.

—¿Era él? ¡Me imagino lo que cocinará con esos huevos!

—Pero… pero… —tartamudeó Pérsikov en un arranque de ira—, imagínese usted, Piotr Stepánovich… Muy bien, vamos a suponer que el rayo produzca en el deuteroplasma del huevo de gallina los mismos efectos que ocasionó en los batracios. Supongamos también que de estos huevos lleguen a salir gallinas. Pero ni usted ni yo podemos decir qué clase de animales serán esas gallinas. Puede ser que no sirvan para nada, que se mueran a los dos días, o, incluso, ¡que no sean comestibles! ¿Acaso estoy en condiciones de garantizar que esas aves serán capaces de mantenerse en pie? Bien podría ocurrir que tuvieran los huesos sumamente frágiles. —Pérsikov, enardeciéndose cada vez más, agitaba las manos e iba doblando uno a uno los dedos.

—Estoy completamente de acuerdo con usted —asintió Ivanov.

—¿Acaso usted puede asegurar, Piotr Stepánovich, que esas aves serán capaces de tener descendencia? Es muy probable que ese hombre obtenga una raza estéril, que consiga criar unas gallinas del tamaño de un perro, y que estos monstruos jamás tengan descendencia.

—Desde luego, es imposible garantizar nada —afirmó Ivanov.

—Y además, ¡qué arrogancia! ¡Qué descaro! —prosiguió Pérsikov cada vez más exaltado—. Y lo más gracioso es que soy yo mismo, ¡yo!, quien debe darle instrucciones a ese sinvergüenza. —Pérsikov señaló la orden que le había entregado Fatalov y que yacía sobre la mesa de experimentos—. ¿Y qué instrucciones voy a darle a ese ignorante si yo mismo no puedo aún decir nada en concreto?

—¿Y no pudo usted haberse negado? —preguntó Ivanov.

Pérsikov se puso colorado, y sin decir palabra cogió la orden y se la tendió a Ivanov. Este la leyó y en su rostro afloró una sonrisa irónica.

—Ya... —comentó en un tono muy revelador.

—Y además, fíjese... Hace dos meses que estoy esperando mi pedido y aún no me han dicho una palabra, mientras que a ese tipo le han proporcionado inmediatamente los huevos y toda clase de facilidades.

—Ya verá como él no consigue ningún resultado, Vladímir Ipátievich, y acabarán devolviéndole a usted sus cámaras.

—Pero tendría que ser cuanto antes, porque se están retrasando mis experimentos.

—Lo sé, eso es lo peor. Por mi parte, ya está todo listo.

—¿Tiene ya las escafandras?

—Sí, las he recibido hoy.

Pérsikov se quedó algo más calmado y, sintiéndose más animado, dijo:

—Bien, entonces creo que haremos lo siguiente. En la sala de operaciones cerraremos todas las puertas y dejaremos abierta una ventana.

—Sí, claro —asintió Ivanov.

—Tenemos tres cascos, ¿no?

—Sí, son tres.

—Muy bien... Entonces, si solo vamos a estar usted y yo, podríamos llamar a alguno de los estudiantes y darle el tercer casco.

—Podríamos llamar a Grinmut.

—¿Es el que trabaja con usted con las salamandras? Pues... vaya... no está mal, aunque ahora recuerdo que en el último examen no supo explicar cómo funciona la vejiga natatoria —comentó maliciosamente Pérsikov.

—Sí, pero es un buen estudiante —intercedió Ivanov.

—Bien, tendremos que pasar una noche en vela —continuó Pérsikov—. Otra cosa, Piotr Stepánovich, por favor, compruebe usted mismo el gas, porque no me fío un pelo de esa gente de la Junta del Gas. Son capaces de enviarnos cualquier porquería.

—Ah, no, no —protestó enérgicamente Ivanov, agitando las manos—. Ayer hice las pruebas. Hay que reconocer que nos han enviado un gas excelente, Vladímir Ipátievich.

—¿Cómo lo ha probado usted?

—Pues con sapos vulgares. Basta un finísimo chorro de gas para que mueran en el acto. Escuche, Vladímir Ipátievich, también podríamos hacer otra cosa. Usted debería escribir a la Dirección Nacional de Seguridad para que le concedan una pistola eléctrica.

—Pero si no sé manejarla.

—No importa, de eso me encargo yo —respondió Ivanov—. Verá usted, es que yo tengo un vecino que es agente de la Dirección, y el verano pasado él y yo íbamos algunas veces a disparar con su pistola a las orillas del río Kliazma solo para divertirnos. ¡Es increíblemente eficiente…! Y, además, muy sencilla. Se puede disparar hasta una distancia de cien pasos y resulta infalible, y no hace ruido alguno. Disparábamos a los cuervos… Incluso creo que nos podríamos arreglar sin el gas.

—Desde luego es una idea muy ingeniosa —comentó Pérsikov, y dirigiéndose seguidamente al teléfono, descolgó el auricular y dijo—: Oiga, póngame con… ¿cómo se llama…?, con la Lubianka.

Eran unos días de calor agobiante. A simple vista se advertía un vaho denso y pesado flotando sobre los campos. Las noches, en cambio, eran maravillosamente suaves, verdes y traidoras. La antigua finca de los Sheremétiev, bañada por la luz de la luna, ofrecía un espectáculo de indescriptible belleza. El palacete, ahora granja estatal, resplandecía como si estuviese hecho de azúcar entre las sombras temblorosas del parque. Los estanques parecían estar partidos en dos mitades, una de las cuales quedaba intensamente iluminada por el resplandor lunar, mientras que la otra permanecía en la más impenetrable oscuridad. La claridad de la noche era tal que se podía leer perfectamente el periódico *Izvestia*, excepto la sección de ajedrez, impresa en letra diminuta. Pero lo cierto es que a nadie se le ocurriría leer *Izvestia* en una noche como aquella. Dunia, la muchacha de la limpieza, sin saber por qué se dirigió a un bosquecillo situado en las afueras de la granja, donde también fue a parar —por pura casualidad, claro está— el chófer del destartalado camión, un mocetón bigotudo y pelirrojo. Se ignoran las actividades que desarrolló la pareja, recostados los dos bajo la temblorosa sombra de un olmo, sobre el chaquetón de cuero del chófer extendido en el suelo. En la cocina de la casa, donde estaban cenando dos granjeros, había luz. En la terraza, la señora de Fatalov, envuelta en un chal blanco, contemplaba la hermosa luna con expresión soñadora.

Alrededor de las diez de la noche, cuando se acallaron todos los ruidos en el pueblecito vecino llamado Kontsovka, en el idílico paisaje resonaron los sonidos delicados y maravillosos de una flauta. Aquella música encajaba de manera inenarrable con el bosquecillo y la antigua terraza de columnas de los Sheremétiev. La flauta tocaba el dúo de la ópera *La dama de picas*, y en el aire nocturno parecían oírse las voces de las dos muchachas, frágil y tierna la de Liza, apasionada la de Polina, fundiéndose en una melodía que traía a la memoria el recuerdo nostálgico de un mundo acabado, pero encantador. «Se extingue... se extingue...», repetía la flauta con su trino melancólico, como si suspirase.

La quietud reinaba en el bosquecillo. Dunia, hermosa y tentadora como una ninfa de los bosques, escuchaba apoyando su mejilla contra la mejilla varonil, áspera y pelirroja, del chófer.

—¡Qué bien toca el muy canalla! —comentó el chófer rodeando con su brazo vigoroso la cintura de Dunia.

El flautista en cuestión era el propio director de la granja, Alexandr Semiónovich Fatalov. Y, para ser justos, tocaba de maravilla, cosa que se explica perfectamente si se recuerda que en otros tiempos la flauta había sido su especialidad. Hasta 1917, Fatalov había formado parte de la renombrada orquesta del maestro Petujov, que diariamente hacía retumbar con sus armoniosos acordes el salón del cinematógrafo El Ensueño, en la ciudad de Ekaterinoslav. Pero el glorioso año de 1917, que truncó tantas vidas y carreras, desvió también la de Alexandr Semiónovich, guiándolo por nuevos senderos. Abandonó el salón de El Ensueño, tapizado de raso polvoriento adornado con estrellas, para lanzarse de cabeza al maremágnum de la guerra y la Revolución, y cambió así la flauta por una mortífera Mauser. Estuvo largo tiempo navegando a merced de las olas, que en varias ocasiones lo arrojaron a tierra firme en puntos tan distantes como Crimea, Moscú, Turquestán e incluso Vladivostok. Fue necesaria toda una revolución para que se revelase plenamente la personalidad de Alexandr Semiónovich. Resultó ser un hombre de gran importancia y, desde luego, El Ensueño no era un lugar apropiado para él. Sin entrar en minuciosos detalles, diremos solamente que, entre 1927 y 1928, Alexandr Semiónovich se encontraba en el Turquestán. Allí, lo primero que hizo fue dedicarse a la edición de un periódico de gran tirada, y después formó parte de la Comisión Superior Económica, en la que adquirió gran fama por sus asombrosos proyectos de irrigación de la región del Turquestán. En 1928, Fatalov llegó a Moscú, para disfrutar de un merecido descanso. La comisión superior de cierta organización, cuyo carnet guardaba con orgullo en el bolsillo aquel hombre de aspecto provinciano y anticuado, supo apreciar su labor, y le designó un puesto tranquilo y respetable. Pero ¡ay!, para desgracia de la República, la infatigable mente de Alexandr Semiónovich no cesaba de trabajar. En Moscú, Fatalov se instaló en el hotel París Rojo, en la calle Tverskaya. Al tener noticia del descubrimiento de Pérsikov, se le ocurrió la idea de regenerar la avicultura nacional en el plazo de un mes con la ayuda del rayo. La Comisión Ganadera, ante la cual Alexandr Semiónovich expuso su proyecto, le dio su aprobación y así fue como se presentó en el despacho del excéntrico zoólogo, para entregarle la orden escrita en grueso papel.

El concierto de flauta que resonaba sobre el parque, bosquecillos y lagos cristalinos ya iba tocando a su fin, cuando de pronto ocurrió algo que lo interrumpió bruscamente. Los perros del pueblo vecino de Kontsovka, que a esas horas deberían estar durmiendo, prorrumpieron en un coro de insoportables ladridos que paulatinamente se fue convirtiendo en un aullido general escalofriante. Cuando tal aullido, subiendo de tono, se extendió por los campos y llegó hasta el lago, desde allí le respondió un formidable coro de miles de ranas que croaban con estrépito. Todo aquello resultó tan espantoso que en un instante la magia de aquella noche encantadora pareció esfumarse.

Alexandr Semiónovich dejó a un lado la flauta y salió a la terraza.

—¿Has oído, Mania? ¡Malditos perros! ¿Por qué crees que se habrán puesto tan rabiosos?

—¡Yo qué sé! —respondió ella sin dejar de mirar a la luna.

—Ven, Mania, vamos a echar una ojeada a los huevos —propuso Alexandr Semiónovich.

—¡Por Dios, Alexandr! Estás completamente loco con tus huevos y tus gallinas. Descansa un poco, anda.

—¡Que no, Mania! Vamos a verlos.

En el invernadero seguía ardiendo un potente globo luminoso. Llegó Dunia, con el rostro enardecido y los ojos relucientes. Alexandr Semiónovich abrió cuidadosamente la tapa protectora de vidrio y todos miraron en el interior de las cámaras. Sobre su suelo blanco de amianto, en ordenadas hileras, yacían los huevos con manchas oscuras sobre la cáscara rojiza. Un silencio total reinaba en las cámaras; iluminadas desde lo alto por un rayo que crepitaba suavemente y cuya potencia era de quince mil bujías.

—¡Ay, qué hermosos pollitos voy a sacar de aquí! —exclamó Alexandr Semiónovich con verdadero entusiasmo, mirando el interior por las ranuras laterales de seguridad, y luego por las amplias aberturas para la ventilación que había en la parte superior—. ¡Ya lo veréis! ¿Qué pasa? ¿Creéis que no lo lograré?

—Debe saber usted una cosa, Alexandr Semiónovich —dijo Dunia sonriendo—. La gente del pueblo dice que es usted el anticristo, que sus huevos son diabólicos y que es pecado incubarlos en una máquina. Incluso querían matarle.

Alexandr Semiónovich se volvió hacia su mujer, pálido y sobresaltado.

—¿Qué os parece? ¡Vaya una gente! ¿Qué se puede hacer con personas así? Mania, habrá que convocar una reunión general. Mañana mismo pediré a la unidad del distrito que me manden instructores del Partido. Además, yo mismo también les hablaré. Habrá que adoctrinarlos a conciencia… ¡Qué retrasadas son estas gentes de este lugar remoto!

—Es la ignorancia —comentó el guardia nacional, sentado sobre su abrigo extendido en el umbral del invernadero.

El día siguiente fue memorable debido a una serie de sucesos extrañísimos y completamente inexplicables. Así, al romper el día, los bosques, que por lo general saludaban el primer rayo del sol con el continuo y estridente gorjeo de los pájaros, permanecieron en el mayor silencio. Ese fenómeno fue observado por todos. Parecía la calma que suele preceder a una tormenta, pero esta vez no había ni el menor indicio de ella. Los rumores que corrían por la granja iban adquiriendo un cariz extraño y nada agradable para Alexandr Semiónovich. Lo peor fue cuando se supo, por boca de un viejo del pueblo apodado Cara de Chivo, que se las daba de profeta y era un alborotador, que al amanecer todos los pájaros se habían agrupado en bandadas y se habían marchado volando en dirección al norte. Aquello ya resultaba absurdo. Alexandr Semiónovich, sumamente disgustado, pasó todo el día intentando comunicarse por teléfono con la ciudad de Grachovka. Cuando lo consiguió, las autoridades de la ciudad prometieron enviarle, pasados dos días, algunos oradores para pronunciar una serie de conferencias sobre la situación internacional y la Sociedad Protectora de Aves.

La tarde de aquel mismo día también tenía reservadas algunas sorpresas. Si por la mañana se acallaron los bosques, demostrando cuán inquietante y desagradable resulta el silencio entre los árboles, si al mediodía desaparecieron todos los gorriones de la granja, por la noche el silencio también se extendió al lago de Sheremétievo. Aquello era en verdad asombroso, pues hasta cuarenta kilómetros a la redonda llegaba la fama de las ranas de Sheremétievo, cantarinas incansables. Pero ahora parecían haberse muerto todas. Ni una sola voz llegaba de las orillas del lago, densamente poblado de juncos. Hay que reconocer que aquello le causó un profundo malestar a Alexandr Semiónovich. Toda clase de comentarios empezaron a circular a raíz de los extraños acontecimientos, y lo más desagradable del asunto era que se hacían a espaldas de Alexandr Semiónovich.

—Desde luego, es muy extraño —comentó Fatalov con su mujer durante la comida—. No comprendo por qué razón han tenido que marcharse los pájaros.

—¿Y qué sé yo? —contestó Mania—. Será que huyen de tu rayo.

—Eres tonta, ¡realmente tonta, Mania! —exclamó Alexandr Semiónovich arrojando la cuchara—. Hablas como un campesino del pueblo. ¿Qué tendrá que ver el rayo con todo eso?

—Pues no lo sé. Y además, déjame en paz.

Aquella misma tarde tuvo lugar una tercera sorpresa, al repetirse el terrible aullido de los perros de Kontsovka, ¡y qué aullido! Era un gemido continuo, siniestro y estremecedor, que flotaba sobre los campos bañados por el resplandor lunar.

Al visitar el invernadero, Alexandr Semiónovich se llevó aún otra sorpresa, si bien esta era agradable y en cierto modo le compensó de todos los sinsabores del día. En el interior de los huevos rojizos, colocados en las cámaras, se oía un continuo golpeteo. «Tic-tic-tic» se oía en un huevo, en otro y en el de más allá.

Aquel golpeteo en el interior de los huevos era música triunfal para Alexandr Semiónovich, e hizo que olvidase inmediatamente los misteriosos sucesos del bosque y del lago.

Mania, Dunia, el vigilante y el guardia (este dejó su fusil en la puerta) acudieron al invernadero.

—¿Qué? ¿Qué me decís ahora? —no cesaba de exclamar Fatalov con aire triunfador. Todos acercaron el oído a la portezuela de la primera cámara, presos de una gran curiosidad—. Son mis pollitos, que se están abriendo paso con el pico —prosiguió radiante Alexandr Semiónovich—. ¿Quién dijo que no iban a salir pollitos? ¡Ah, amigos! —Y Fatalov, eufórico, le dio al guardia unas palmaditas en el hombro—. Obtendré unos pollos tan hermosos que os quedaréis con la boca abierta. Bueno, ahora habrá que vigilarlos de cerca —añadió con severidad—. En cuanto empiecen a salir del cascarón, me lo comunicáis inmediatamente.

—Muy bien —contestaron a coro el vigilante, Dunia y el guardia.

«Tic-tic-tic» sonaba ahora en uno, ahora en otro de los huevos de la primera cámara. El espectáculo de una nueva vida pugnando por salir a través de una cáscara fina y luminosa era tan interesante que todos se quedaron largo rato sentados sobre los cajones vacíos vueltos del revés, mirando cómo maduraban aquellos huevos rojos bañados por una luz incierta y misteriosa. Era muy tarde cuando el grupo se dispersó para irse a dormir. La verdosa noche había ya descendido sobre la granja y sus alrededores. Era una noche llena de misterio y también de pavor, seguramente porque su silencio sepulcral quedaba interrumpido de vez en cuando por los lúgubres aullidos de los perros de Kontsovka. Y no había forma de saber por qué aullaban aquellos malditos animales.

El día siguiente se inició con un disgusto para Alexandr Semiónovich. El guardia del invernadero, sumamente turbado, se llevaba las manos al corazón para asegurar y jurar, poniendo a Dios por testigo, que no se había quedado dormido, pero que no había visto nada.

—Es algo que no comprendo —aseveraba el guardia—, pero yo no tengo la culpa, camarada Fatalov.

—¡Vaya, hombre! ¡Encima voy a tener que darle las gracias! —repuso Fatalov, ensañándose—. Pero ¿usted qué se ha creído, camarada? ¿Para qué cree que está aquí? ¡Para vigilar! Pues dígame, ¿dónde están? Han salido del cascarón, ¿no? ¡Entonces es que se han escapado! ¡Se dejaría usted la puerta abierta y se habrá ido tranquilamente por ahí! ¡Mis pollos! ¡Quiero verlos aquí de inmediato!

—Yo no me fui a ningún sitio, y además sé cuál es mi obligación —contestó el guardia, ofendido—. Me está usted acusando injustamente, camarada Fatalov.

—Entonces ¿dónde están los pollos?

—¡Y yo qué sé! —replicó el soldado montando a su vez en cólera—. ¿Acaso estoy aquí para cuidar de sus pollos? Estoy aquí para cuidar de que nadie se lleve las cámaras. ¡Y ahí las tiene usted! Pero no hay ninguna ley que me obligue a correr detrás de sus pollos. Además, quién sabe qué clase de bichos saldrán de aquí… ¡A lo mejor no hay quien los alcance ni en bicicleta!

Alexandr Semiónovich se quedó cortado por este razonamiento. Gruñó algunas palabras ininteligibles y permaneció sumido en el más profundo estupor. La cosa no era para menos. En la primera cámara, que había sido cargada antes que las demás, dos huevos, colocados en la base del rayo rojo, habían amanecido rotos. Uno de ellos incluso había rodado ligeramente hacia un lado. Los cascarones yacían vacíos en el suelo de amianto, bajo el rayo.

—¡Qué demonios! —murmuró Alexandr Semiónovich—. Pero ¡si las ventanas están cerradas! A no ser que se hayan escapado volando por el techo…

Levantó la cabeza para mirar los huecos que había en la claraboya, la cual servía de techo en el invernadero.

—Pero ¡qué dice, Alexandr Semiónovich! —objetó Dunia con asombro—. ¿Cómo van a volar unos pollitos recién nacidos? Estarán por aquí, en cualquier sitio. ¡Pitas, pitas, pitas…! —se puso a llamar la muchacha mientras iba mirando por todos los rincones del invernadero, donde había amontonados tiestos polvorientos, tablones y toda clase de trastos viejos.

Pero no apareció ningún pollito por ninguna parte.

El personal de la granja al completo se pasó unas dos horas recorriendo el cercado en busca de los traviesos polluelos, sin encontrar a ninguno. El resto del día transcurrió muy agitado. Se reforzó la vigilancia, agregando otro guarda, a quien se dio orden severísima de echar una ojeada a las cámaras cada cuarto de hora y avisar a Alexandr Semiónovich a la menor novedad. El guardia nacional, taciturno y sombrío, no se movía de la puerta, sentado con el fusil entre las piernas. Alexandr Semiónovich anduvo muy ocupado toda la mañana, y ya eran casi las dos cuando se sentó a comer. Después, se echó una siesta de casi una hora, recostado a la sombra, en una magnífica tumbona antigua pertenencia de los Sheremétiev. Seguidamente, se bebió un buen trago de kvas* y se dirigió al invernadero para cerciorarse de que todo estaba en orden. El anciano vigilante, tumbado boca abajo sobre una esterilla tendida en el suelo, observaba atentamente el interior de la cámara número 1, a través de la ranura de control. El guardia seguía inmóvil en la puerta, vigilando sin cesar.

Había una novedad. Los huevos de la cámara número 3, la última que habían cargado, empezaron a emitir extraños chasquidos y resoplidos, como si alguien sollozase en su interior.

—¡Uf! ¡Cómo maduran! —exclamó Alexandr Semiónovich—. Están madurando, ahora sí que lo veo bien. ¿Qué me dices? —le preguntó al vigilante.

—Extraordinario —contestó este moviendo la cabeza y en un tono que podía prestarse a muchas interpretaciones.

Alexandr Semiónovich se quedó un rato en cuclillas al lado de las cámaras, pero, al no eclosionar ningún huevo, se levantó, estiró las piernas y encargó a los dos hombres que lo llamasen en caso de que ocurriese algo nuevo, ya que él se iba a dar un baño al lago, muy cercano a la granja. Se dirigió seguidamente al palacete y entró en su dormitorio, donde había un par de camas estrechas de colchones metálicos con la ropa revuelta. En el suelo había gran cantidad de manzanas verdes y una verdadera montaña de mijo para alimentar a las futuras generaciones de aves. Alexandr Semiónovich cogió la felpuda toalla de baño y, tras un breve

* Refresco doméstico a base de pan. *(N. de la T.)*

instante de vacilación, cogió también la flauta, para amenizar unos minutos de ocio tocando a la orilla del lago. Salió briosamente del palacete, cruzó el cercado de la granja y se dirigió hacia el lago por una avenida de sauces. Caminaba alegremente, agitando la toalla en una mano y sosteniendo la flauta en la otra. El cielo vertía sobre la tierra un calor tórrido que se filtraba por entre las hojas de los sauces, cayendo a plomo sobre el cuerpo de Fatalov y avivando su anhelo de zambullirse en el agua cuanto antes. A la derecha del camino había espesos matorrales de bardana, sobre los que Fatalov, al pasar, escupió. Al instante, en la enmarañada espesura se oyó un susurro, como si alguien arrastrase un tronco por el suelo. Alexandr Semiónovich, sintiendo por unos momentos que se le encogía el estómago, volvió asombrado la cabeza en dirección al ruido y miró. Hacía ya dos días que el lago permanecía sumido en el más absoluto silencio. El susurro se acalló y Alexandr Semiónovich dirigió la vista hacia la superficie tersa del lago, percibiendo a lo lejos el tejadillo gris de la caseta de baño. Una bandada de libélulas revoloteó unos instantes suspendida en el aire. Alexandr Semiónovich se disponía ya a desviarse hacia la playita, cuando se repitió el extraño ruido entre los matorrales, acompañado esta vez de un bufido breve, pero enérgico, como si una locomotora lanzase bocanadas de vapor. Alexandr Semiónovich se detuvo alarmado y se quedó mirando fijamente el matorral denso y enredado.

—Alexandr —dijo en aquel instante la voz de su mujer, cuya blusa blanca se vislumbró entre los arbustos de frambuesa, y luego volvió a desaparecer—. Espérame, voy contigo a bañarme.

La mujer apretó el paso en dirección al lago, pero Alexandr Semiónovich no le contestó, pues toda su atención estaba centrada en las hojas de bardana. Algo semejante a un tronco de un gris verdoso empezó a levantarse súbitamente de entre la maleza, creciendo por momentos, ante la mirada horrorizada de Semiónovich. Unas manchas húmedas amarillentas, según le pareció a Alexandr Semiónovich, cubrían aquel tronco, que seguía creciendo, estirándose hacia arriba, ondulante y flexible, hasta que sobrepasó en altura a un viejo sauce nudoso. Después, la parte superior de este tronco fantástico se quebró y se dobló en forma de gancho, recordándole a Alexandr Semiónovich los postes de alumbrado eléctrico de Moscú. Pero ese poste era tres veces más grueso y mucho más decorativo, gracias a un espléndido dibujo formado por las escamas que lo cubrían por entero. Completamente desconcertado y notando que un frío mortal le invadía, Alexandr Semiónovich levantó la vista hacia lo alto de aquel poste monstruoso y, por un instante, el corazón dejó de latirle. En pleno mes de agosto sintió un escalofrío, mientras todo se oscurecía ante sus ojos, como si viese el sol a través de una tela oscura.

En lo más alto del poste se mecía una cabeza enorme, aplastada en forma de punta de lanza, con una gran mancha amarilla y redonda resaltando sobre el fondo oliváceo. En la parte superior de la cabeza aparecían incrustados un par de ojos desprovistos de párpados, alargados y gélidos, cuya mirada rezumaba un odio mortal. La cabeza hizo un extraño movimiento, como si picotease algo en el aire. Inmediatamente todo el poste se plegó, ocultándose en la maleza; solo quedaron a la vista los ojos, fijos en Alexandr Semiónovich. ¡Hermosos ojos entre verdes matorrales! Cubierto de un sudor frío y pegajoso, Semiónovich solo fue capaz de proferir seis palabras, tan inverosímiles que únicamente pueden explicarse por un miedo cerval:

—¿Qué clase de broma es esta…?

Después acudió a su mente un vago recuerdo de los faquires…, una imagen de la India…, el cesto de mimbre de los encantadores de serpientes…

En aquel instante la cabeza se alzó otra vez y el cuerpo que la sostenía empezó a crecer de nuevo. Alexandr Semiónovich se llevó la flauta a los labios, lanzó un ronco pitido, y por fin, con la respiración entrecortada, entonó el vals de *Eugene Oneguin*. Los ojos del monstruo entre los ramajes se inflamaron al instante con un odio atroz. Evidentemente, no le gustaba esa ópera.

—¿Te has vuelto loco? ¿A quién se le ocurre ponerse a tocar con el calor que hace? —se oyó la voz alegre de Mania, y Alexandr Semiónovich, con el rabillo del ojo, vio por un momento la blusa blanca de su mujer.

Súbitamente, un aullido agudo y espeluznante desgarró el silencio, recorriendo todo el terreno hasta la granja. El vals perdió su ritmo y solo se oyeron unas notas sueltas. Los ojos del monstruo dejaron de mirar a Alexandr Semiónovich, para que este pudiese arrepentirse de sus pecados, la cabeza se abalanzó hacia delante y tras ella, como un enorme muelle, salió disparada una serpiente de unos diez o doce metros de largo, del grosor de una persona. Nubes de polvo se levantaron en el camino y el vals cesó bruscamente. La serpiente pasó junto al director de la granja y de un salto alcanzó el sendero donde se vislumbraba la blusa blanca de Mania. Fatalov lo vio todo claramente: cómo palidecía su mujer, su rostro lívido, sus largos cabellos erizados igual que si fuesen de alambre. Ante los mismísimos ojos de Fatalov, la serpiente abrió las fauces, de cuyo interior salió una lengua en forma de tenedor, y clavó sus dientes en el hombro de Mania, alzándola un metro sobre la tierra polvorienta. La mujer volvió a lanzar un último grito desgarrador. La serpiente hizo un movimiento envolvente, formó una enorme espiral, levantando una gran polvareda con la cola, y empezó a estrangular a Mania. Esta no emitía ya sonido alguno y Fatalov podía oír con toda claridad el crujir de sus huesos. Allá arriba, muy alto, se veía la cabeza de Mania, fuertemente apretada contra la mejilla del monstruo. Al instante siguiente, Fatalov vio cómo brotaba un chorro de sangre de la boca de Mania, cómo un brazo arrancado de cuajo caía al suelo, mientras unos hilos de sangre manaban con fuerza de debajo de las uñas. Tras esto, la serpiente volvió a abrir su enorme boca, desencajando las mandíbulas, y la cabeza de Mania desapareció por entero en su interior. El reptil empezó a engullir el cuerpo de Mania, al igual que uno desliza un dedo en un guante. El animal exhalaba tales bocanadas de aire caliente que su respiración llegó hasta el rostro de Alexandr Semiónovich, y este por poco fue barrido del camino por un coletazo que levantó nubes de polvo. Entonces, en aquel preciso instante, Fatalov encaneció. Su cabellera, negra como el azabache, se volvió blanca primero en la mitad izquierda de la cabeza y después también en la derecha. Invadido por una angustia mortal, pudo por fin apartarse del camino y echó a correr desesperadamente, sin ver nada ni a nadie, quebrando el silencio con un alarido de animal salvaje.

# 9

## Un hormiguero monstruoso

El agente Schukin, que prestaba sus servicios en la Delegación Provincial de Duguino, de la Dirección Nacional de Seguridad, era un hombre de gran valor. Dirigiéndose a su compañero, el pelirrojo Polaitis, dijo:

—Bien, ¿qué te parece, vamos allá? Anda, trae la moto.

Guardó un breve silencio y después, volviéndose hacia una tercera persona que se hallaba sentada en un banco, le espetó:

—¡Deje ya la flauta, hombre!

En vez de obedecer, el hombre trémulo y canoso sentado en el banco empezó a llorar y a gemir. Schukin y Polaitis comprendieron que no había más remedio que sacar la flauta de entre sus crispados dedos. El agente Schukin, hombre de tal fuerza física que bien habría podido exhibirla en un circo, fue abriendo uno a uno los dedos que se aferraban a la flauta y, por fin, puso el instrumento sobre la mesa.

Todo esto ocurría por la mañana temprano de un día soleado, el siguiente a la muerte de Mania.

—Usted nos acompañará —dijo Schukin, dirigiéndose

a Alexandr Semiónovich—, para indicarnos el lugar y todo lo demás.

Al oír sus palabras, Fatalov, horrorizado, se echó hacia atrás, cubriéndose instintivamente con los brazos, como quien está viendo algo terrible.

—Tiene que indicarnos el lugar —insistió con gravedad Polaitis.

—Anda, déjalo ya. Este hombre no rige bien.

—Quiero irme a Moscú —murmuró entre sollozos Alexandr Semiónovich.

—¿Cómo? ¿No piensa usted volver a la granja?

Fatalov, por toda respuesta, volvió a cubrirse con los brazos, con los ojos llenos de terror.

—Está bien —dijo Schukin—. Ya veo que no está usted en condiciones. Dentro de poco saldrá un tren correo para Moscú. Váyase en él.

Mientras el guarda de la estación intentaba calmar a Alexandr Semiónovich ofreciéndole agua, y mientras este bebía, castañeteando los dientes contra los bordes de la jarra desportillada, ambos agentes cambiaron impresiones. Polaitis opinaba que nada había ocurrido, que Fatalov era un perturbado mental y que había sufrido una terrible alucinación. En cambio, Schukin se inclinaba a pensar que, posiblemente, se habría escapado una serpiente boa del circo que en aquellos días actuaba en la ciudad de Grachevka. Al percibir un deje de duda en sus voces, Fatalov se levantó del banco. Estaba ya algo más sereno y, extendiendo los brazos, como un profeta bíblico, dijo:

—Escuchen, escúchenme. ¿Por qué no me creen? Ella estaba allí. ¿Dónde está mi mujer?

Schukin adoptó una expresión grave y permaneció silencioso. Inmediatamente puso un telegrama a la ciudad de Grachevka. Un tercer agente, por orden expresa de Schukin, debía permanecer al lado de Alexandr Semiónovich y acompañarlo a Moscú. Polaitis y Schukin comenzaron a prepararse para la expedición. Solo disponían de un revólver eléctrico, pero era una buena defensa. Se trataba de un modelo de 1927, con carga de cincuenta disparos, un verdadero alarde de la técnica francesa. Tenía un alcance de cien pasos, pero abarcaba un campo de tiro de dos metros de diámetro, con la ventaja de no dejar en dicho campo un solo ser viviente. Resultaba muy difícil fallar un tiro. Schukin se colgó a la cintura el flamante juguete eléctrico, mientras que Polaitis llevaba consigo una ametralladora común pequeña, con una carga de veinticinco balas y sus correspondientes cargadores. Ambos montaron en la moto y se dirigieron por la carretera hacia la granja. Era una mañana fresca y cuajada de rocío. Recorrieron la distancia de veinte kilómetros que separaba la granja de Duguino en veinte minutos, mientras que Fatalov había tardado toda la noche en cubrirla, escondiéndose a cada instante entre la maleza a los lados del camino, presa de mortales accesos de pánico.

Cuando el sol empezaba ya a calentar, a la vista de los viajeros surgió la colina al pie de la cual serpenteaba el riachuelo Top y en cuya cima se erguía el palacete que parecía hecho de azúcar, rodeado de árboles. Un silencio sepulcral reinaba alrededor. Poco antes de llegar a la granja, los agentes adelantaron a un campesino que, montado en un carro cargado de sacos, iba a paso lento, y pronto lo dejaron atrás. La moto cruzó el puente y entonces Polaitis tocó la bocina para que alguien saliese a su encuentro. Nadie le contestó, a excepción de los lejanos y enfurecidos perros del vecino pueblo de Kontsovka. La moto, disminuyendo la marcha, se acercó a la verja de la granja, junto a cuya puerta había dos leones, revestidos de la pátina verde del tiempo. Los agentes, con sus polainas amarillas y cubiertos de polvo, saltaron a tierra y, después de dejar asegurada la moto con una cadena y un candado a la verja, entraron en el recinto de la granja. El silencio reinante les sorprendió.

—¡Eh…! ¿Hay alguien aquí? —gritó Shukin.

Nadie contestó a su voz grave. Los agentes dieron una vuelta por el recinto, cada vez más sorprendidos. Polaitis frunció el entrecejo. El rostro de Schukin había adquirido una expresión seria y sus cejas rubias se juntaron en un gesto huraño. A través de la ventana abierta, echaron una mirada dentro de la cocina. Tampoco allí había nadie, pero el suelo estaba cubierto de trozos de porcelana blanca.

—Es evidente que aquí ha pasado algo —dijo Polaitis—. Quizá alguna catástrofe.

—¡Eh! ¿Hay alguien por aquí? —volvió a gritar Schukin, pero tan solo le respondió el eco bajo de las bóvedas de la cocina.

—¿Qué diablos ha ocurrido? —comentó Schukin con un gruñido—. El bicho no se los habrá tragado a todos de una vez. Quizá hayan huido… Entremos en la casa.

La puerta que daba a la terraza de las columnas estaba abierta de par en par, y en el interior del palacete no había ni un alma. Los agentes subieron hasta la buhardilla. Tras haber recorrido toda la casa sin encontrar en ella un solo ser viviente, atravesaron nuevamente la terraza y salieron al cercado.

—Vamos a dar una vuelta alrededor de la casa y luego nos acercaremos al invernadero —decidió Schukin—. Miraremos bien por todos los rincones y después, en todo caso, informaremos por teléfono.

Los agentes se adentraron por un sendero empedrado que bordeaba los parterres, cruzaron el patio trasero y finalmente vieron el invernadero.

—Espera... —murmuró a media voz Schukin, desenfundando el revólver.

Polaitis lo imitó y, con la ametralladora en la mano, se puso alerta, aguzando el oído. Un extraño ruido, un silbido susurrante llegaba del invernadero y sus alrededores, recordando vagamente el resoplar de una locomotora. «Fuuufuuu... sss-sss», siseó el invernadero.

—Vayamos con cuidado —murmuró Schukin.

Ambos agentes, procurando no hacer ruido con las botas, se acercaron a las ventanas y se asomaron al interior.

Al instante, Polaitis dio un salto hacia atrás, con el rostro pálido de espanto. Schukin se quedó inmóvil, con la boca abierta y el revólver en la mano.

Todo el invernadero bullía como un hormiguero monstruoso. Serpientes gigantescas reptaban por el suelo, enroscándose y enderezándose nuevamente, contraían sus cuerpos para erguirse después meciendo sus cabezas, que asomaban por todas partes, con un silbido incesante. Las cáscaras rotas de los huevos esparcidos por el suelo crujían bajo sus cuerpos. En el techo brillaba un globo eléctrico de gran potencia, derramando por todo el invernadero una luz mortecina y espectral. En el suelo se veían tres enormes cajones negros, semejantes a cámaras fotográficas. Dos de ellos, algo corridos hacia un lado, estaban apagados, mientras que en el tercero ardía un rayo de luz roja. Serpientes de todos los tamaños se enredaban entre los cables, trepaban por los marcos de las ventanas, saliendo al exterior por los huecos de la claraboya. En el mismo globo luminoso, oscilando su cabeza como un péndulo, colgaba una serpiente de varios metros, negra y moteada. En medio del incesante silbido se oía de vez en cuando un tintineo, semejante al de un cascabel. Un extraño hedor a podredumbre y cenagal salía del invernadero. Los agentes tuvieron tiempo de divisar grandes cantidades de huevos amontonados en los rincones polvorientos, así como un enorme pajarraco de extraña apariencia, que yacía inmóvil al lado de las cámaras, y, al lado de la puerta, el cadáver de un hombre con abrigo gris y un fusil entre las manos.

—¡Atrás! —gritó Schukin retrocediendo y empujando a Polaitis con la mano izquierda, mientras con la derecha apuntó con el revólver.

Sonaron nueve disparos, uno tras otro, que lanzaron destellos verdosos en dirección al invernadero. Al instante, aumentó el ruido procedente del interior, y todo aquel monstruoso amasijo de cuerpos se puso en movimiento, asomando frenéticamente por los huecos sus cabezas aplastadas. Polaitis también retrocedía sin dejar de disparar, y el eco de los disparos tronaba por toda la granja, multiplicándose al toparse con las paredes. De repente, se oyó un extraño susurro detrás de Polaitis. Un ser monstruoso de color pardo verdusco, de enormes mandíbulas afiladas y cola coronada por una cresta, parecido a un enorme lagarto, salió por detrás de una esquina del cobertizo, se acercó velozmente a Polaitis arrastrándose sobre sus cuatro patas retorcidas y de un terrible mordisco en una pierna lo derribó. Este cayó al suelo lanzando un grito desgarrador.

—¡Ayúdame! —gritó Polaitis, pero en aquel mismo instante su brazo izquierdo quedó aprisionado en las fauces del animal con un espantoso crujido, mientras que el brazo derecho, empuñando aún la pistola, se arrastraba inerte por el suelo, a pesar de los vanos esfuerzos de Polaitis por levantarlo.

Schukin se volvió y corrió hacia él. Disparó una vez, pero erró el tiro por temor a herir a su compañero. La segunda vez apuntó hacia el invernadero, pues allí, entre la masa de cabezas de serpientes, había surgido de pronto una, enorme y aceitunada, que dio un gran salto hacia el agente. Aquel disparo certero mató al gigantesco reptil y Schukin, corriendo y saltando alrededor de Polaitis, medio muerto ya en las fauces del cocodrilo, trataba de buscar un lugar seguro para disparar y matar al monstruo sin herir al hombre. Por fin lo encontró y sonaron dos disparos del revólver eléctrico, que lanzó destellos verdosos. El cocodrilo dio un brinco y soltó su presa; a continuación, se quedó quieto y rígido. Polaitis, que sangraba a chorros por la boca y por todo el cuerpo, se incorporó sobre su único brazo, el derecho, arrastrando penosamente la pierna izquierda fracturada. Sus ojos se enturbiaron.

—Schukin… huye… —pudo murmurar apenas entre sollozos.

Schukin volvió a disparar varias veces contra el invernadero, haciendo saltar los vidrios. En aquel momento una enorme serpiente aceitunada, surgida inesperadamente de una de las ventanas del sótano, saltó por los aires desenroscándose como un muelle, atravesó el cercado, llenándolo con su inmenso cuerpo de diez metros de largo, y rodeó las piernas de Schukin. Este se desplomó y su brillante revólver rebotó en el suelo. Schukin gritó con todas sus fuerzas hasta que al poco pareció que se asfixiaba. Su cuerpo, excepto la cabeza, desapareció envuelto por los anillos de la serpiente. Uno de estos anillos abrazó al final su cabeza, arrancándole el cuero cabelludo, y la estrujó. Ya no se oyeron más disparos en la granja, solo aquel intenso silbido que se iba extendiendo por los alrededores. Como única respuesta el viento trajo un aullido lejano, proveniente del pueblo de Kontsovka. Pero esta vez resultaba imposible saber quién aullaba, si los perros o los hombres.

# 10

## La catástrofe

En la redacción nocturna del diario *Izvestia* brillaban todas las luces. El redactor jefe, un hombre entrado en carnes, inclinado sobre una plancha de plomo, ajustaba el segundo margen de la sección «Telegramas de toda la Unión». Una de las galeradas que cayó en sus manos le llamó la atención. La leyó atentamente a través de sus lentes y, soltando una estrepitosa carcajada, llamó a los correctores de pruebas y al compaginador para mostrarles la noticia. Sobre la estrecha franja de papel, aún húmedo, se leía lo siguiente:

Grachevka, provincia de Smolensk

En la comarca ha aparecido una gallina del tamaño de un caballo que, además, cocea como un potro. En lugar de cola, tiene plumas como las que usan las señoras burguesas a modo de adorno.

Los cajistas prorrumpieron en risas.

—En mis tiempos —dijo el redactor jefe con regocijo—, cuando trabajaba para Vania Sytin en el periódico *La*

*Palabra Rusa*, agarrábamos cada borrachera que veíamos elefantes por todas partes. Esta vez, por lo visto, deben de ser avestruces.

Todos se echaron a reír nuevamente.

—Pues es cierto, debe de ser un avestruz —dijo el compaginador—. ¿Qué hago, Iván Vonifátievich? ¿Lo inserto en la página?

—Tú estás loco —respondió el redactor jefe—. Lo que no comprendo es cómo la secretaria ha dejado pasar semejante telegrama; parece escrito por un borracho.

—Debían de estar bastante alegres esos muchachos para ver avestruces —comentaron los cajistas, y el compaginador retiró de la mesa el comunicado acerca del avestruz.

Por esta razón, *Izvestia* salió al día siguiente, como de costumbre, lleno de noticias interesantes, pero sin la menor alusión al misterioso avestruz del pueblo de Grachevka. El ayudante de laboratorio Ivanov, asiduo lector del periódico en su despacho de trabajo, dobló la hoja de *Izvestia* y comentó bostezando:

—Nada de particular.

Ivanov se puso la bata blanca e instantes después en su despacho ardía ya el gas y croaban las ranas.

En cambio, en el despacho del profesor Pérsikov reinaba el caos. Pankrat, paralizado por el temor, permanecía en posición de «firmes».

—Sí, sí, señor... comprendido —murmuraba.

Pérsikov le entregó un paquete lacrado, diciendo:

—Ve directamente al Departamento de Ganadería, y, cuando veas al gerente, Ptaja, dile que es un cerdo. Eso es, díselo de mi parte, de parte del profesor Pérsikov. Y le entregas este paquete.

«Menudo lío», pensó Pankrat, palideciendo, mientras cogía el paquete y se retiraba.

Pérsikov estaba furioso.

—Pero ¡qué diablos es esto! —se lamentaba desesperado, mientras se paseaba por el despacho frotándose las manos enguantadas—. ¡Están burlándose de mí y de la ciencia zoológica! ¡Esto es inaudito! Están trayendo a diario montones de huevos de gallina, mientras que yo llevo ya dos meses esperando mi pedido. ¡Ni que América estuviera tan lejos! ¡Siempre la misma dejadez, siempre el mismo descuido! —Pérsikov siguió hablando consigo mismo, mientras iba contando con los dedos—: Bien, supongamos que hacen falta unos diez días, como máximo, para cogerlos. Aunque sean quince… incluso veinte días… Otros dos días para llevarlos en avión a Londres… un día más de Londres a Berlín… Y de Berlín aquí no se tarda más de seis horas… Por lo tanto, ¡es una vergüenza!

Pérsikov se abalanzó sobre el teléfono y marcó un número.

Su despacho estaba ya totalmente preparado para realizar una serie de experiencias misteriosas y peligrosísimas. Había montones de papel cortado a tiras para tapar todas las ranuras de las puertas, cascos de buzo con tubos respiratorios y varias bombonas plateadas, brillantes como el mercurio, con etiquetas que rezaban: JUNTA DEL GAS y NO TOCAR. Además de esta advertencia, cada bombona tenía pintada una calavera sobre un par de tibias cruzadas.

Solo al cabo de unas tres horas el profesor pudo por fin calmarse y dedicarse a tareas de poca importancia. Se quedó trabajando en el instituto hasta las once de la noche y, por lo tanto, no se enteró de nada de lo ocurrido fuera de sus paredes de color crema. No llegó a sus oídos el extraño rumor que circulaba por Moscú acerca de unas serpientes, y tampoco supo nada del misterioso telegrama, que voceaban los vendedores de periódicos, publicado en un diario vespertino. Esto último se debió a la circunstancia de que su ayudante Ivanov se había ido al teatro de Bellas Artes a ver *Fiódor Ivánovich,* y por consiguiente no hubo nadie que pudiese comunicar a Pérsikov las novedades.

Alrededor de medianoche, el profesor llegó a su casa de la calle Prechístenka y se acostó. Antes de dormirse, leyó un artículo en inglés publicado en el *Noticiario Zoológico* recién recibido de Londres. Por fin se durmió, como también quedó sumido en el sueño todo Moscú, bullicioso y rutilante hasta altas horas de la noche. Tan solo en la enorme mole gris de la redacción del diario *Izvestia*, sita en la calle Tverskaya, seguía a toda máquina el trabajo. Las prensas rotativas, con su terrible estrépito, hacían temblar todo el edificio. En el despacho del redactor jefe reinaba un caos y una confusión increíbles, y este, furioso, con los ojos enrojecidos, iba de un lado a otro sin saber qué hacer, mandando al diablo a todo aquel que se le acercase. El compaginador corría tras él y, exhalando un intenso olor a vino, decía:

—¡Qué se le va a hacer, Iván Vonifátievich! Tampoco es tan grave. Mañana por la mañana se puede sacar un suplemento extra. Lo que ya no puede hacerse es sacar los ejemplares de las máquinas.

Esta vez los impresores no se fueron a sus casas. Reunidos en grupos, se quedaron leyendo los telegramas que, cada vez más extraños y alarmantes, fueron llegando uno tras otro durante toda la noche, con intervalos de un cuarto de hora. El sombrero de Alfred Bronski aparecía aquí y allá bajo la fuerte luz rosada que iluminaba la imprenta, y de vez en cuando también se veía al hombre gordo ortopédico cojeando por las salas. La puerta de la entrada principal se abría y cerraba continuamente, dando paso a los reporteros que invadían la redacción del periódico por la noche. Los doce aparatos de teléfono que había en la sede del diario sonaban sin cesar, la centralita respondía a las misteriosas llamadas con la inevitable señal de «ocupado», y las señoritas telefonistas se pasaron la noche entera ante el tablero, atendiendo las innumerables llamadas.

Los cajistas, formando un apretado círculo, rodearon al hombre gordo ortopédico, que les decía:

—Habrá que enviar aviones con gases.

—Desde luego —asintieron todos—. Esto es terrible.

Seguidamente se oyó una sarta de insultos y palabras de lo más soeces, y una voz chillona que exclamó:

—¡A ese Pérsikov habría que fusilarlo!

—Pérsikov no tiene nada que ver con esto —dijo alguien entre la multitud—. A quien habría que fusilar es al hijo de puta ese de la granja.

—Lo que tenían que haber hecho es poner más vigilancia —se oyó decir a otra voz.

—Es muy probable que el mal no provenga de los huevos.

El edificio entero se estremecía, con el estrépito de las rotativas, y aquella construcción gris y deplorable parecía presa de un incendio pues los torrentes de luz eléctrica salían por todas las ventanas.

La llegada del día no calmó el caos reinante; más bien al contrario, lo acrecentó. Automóviles y motocicletas entraban continuamente en el patio de la redacción. La ciudad se había despertado y las hojas de los periódicos, como pájaros, revoloteaban por doquier, pasando de mano en mano. A las once de la mañana se les agotaron los ejemplares a los vendedores de periódicos, a pesar de que *Izvestia* se había lanzado con una tirada de millón y medio. El profesor Pérsikov salió de su casa de la calle Prechístenka, cogió el autobús y llegó, como de costumbre, al instituto. Allí le aguardaba una gran novedad. En el vestíbulo había tres hermosos cajones de madera, reforzados con planchas metálicas y llenos de etiquetas escritas en alemán. Por encima de todas ellas, cruzando de punta a punta, imperaba una sola inscripción en ruso, escrita con tiza: ¡FRÁGIL. HUEVOS!

El profesor sintió una inmensa alegría.

—¡Por fin! —exclamó—. Pankrat, ponte inmediatamente a abrir esos cajones, pero con mucho cuidado, no vayas a dañar algún huevo. Y los llevas a mi despacho.

Pankrat obedeció al instante. Pero no había transcurrido ni un cuarto de hora cuando en el despacho de Pérsikov, cuyo suelo estaba sembrado de serrín y trozos de papel de embalar, tronó la voz del profesor.

—¡Esto es una burla! —gritó Pérsikov, agitando en el aire ambos brazos, con un huevo en cada mano—. ¡Este Ptaja es un cerdo! ¡No pienso tolerar semejante tomadura de pelo! Ven aquí, Pankrat, ¿qué es esto?

—Un huevo, señor —respondió el bedel con tristeza.

—Sí, pero de gallina, ¿comprendes?, ¡de gallina! ¡Para qué diablos quiero yo esos huevos! ¡Que se los manden a ese sinvergüenza de la granja!

Pérsikov se precipitó hacia el teléfono, pero no tuvo tiempo de efectuar la llamada, pues en aquel mismo instante en el pasillo retumbó la voz del ayudante Ivanov.

—¡Vladímir Ipátievich! ¡Vladímir Ipátievich!

Pérsikov abandonó el teléfono y Pankrat saltó hacia un lado, dejando paso al ayudante, que entró corriendo en el despacho. Había olvidado sus modales refinados, llevaba el sombrero gris corrido hacia la nuca y blandía un periódico.

—¿No se ha enterado usted de lo ocurrido, Vladímir Ipátievich? —gritó, mientras agitaba ante el rostro del profesor la edición extraordinaria del periódico, en cuya primera plana aparecía un grabado a todo color.

—¡Espere, escuche antes lo que me ha hecho esa gente! —gritó a su vez Pérsikov, sin atender a las palabras del ayudante—. ¡Pues me han hecho la gracia de mandarme huevos de gallina! Este Ptaja es un idiota. ¡Mire esto!

Ivanov estaba completamente atónito. Se quedó unos instantes mirando fijamente los cajones abiertos; después, horrorizado, volvió a mirar la hoja del periódico, y, de pronto, sus ojos se abrieron hasta tal punto que parecía que iban a salírsele de las órbitas.

—Así que se trata de eso —farfulló Ivanov con voz sofocada—. Ahora comprendo... Mire, mire esto, Vladímir Ipátievich. —Y el ayudante abrió el periódico y, con mano temblorosa, le señaló la fotografía en color. En la imagen se veía una enorme serpiente, gruesa como una manguera de bomberos, retorciendo su cuerpo de un verde aceitunado con manchas amarillas sobre una especie de follaje borroso. La fotografía estaba tomada desde arriba, desde una avioneta ligera que se había arriesgado a sobrevolar a la serpiente—. ¿Qué le parece a usted que es esto, Vladímir Ipátievich?

Pérsikov se colocó las gafas sobre la frente y luego de nuevo sobre la nariz, examinó atentamente la fotografía y con gran asombro exclamó:

—¡Qué demonios! Es... es una anaconda, una boa constrictor de río.

Ivanov arrojó el sombrero. Después se sentó encima de la mesa y, acompañando cada una de sus palabras con un puñetazo sobre el tablero, dijo:

—Vladímir Ipátievich, esta anaconda ha aparecido en la provincia de Smolensk. ¡Es algo monstruoso! Ese bribón de la granja ha incubado serpientes en vez de gallinas. Y, además, esas serpientes ponen enormes cantidades de huevos, igual que las ranas.

—¿Cómo? —balbució el profesor Pérsikov, con el rostro demudado—. ¿Qué broma es esta, Piotr Stepánovich...? ¿De dónde...?

Ivanov, que por unos instantes parecía haber perdido el don de la palabra, señaló el cajón abierto, donde asomaban entre el serrín los extremos blancos de los huevos, y haciendo un esfuerzo dijo:

—De ahí.

—¿Co-co-cómo? —aulló Pérsikov, que empezaba a comprender lo que había ocurrido.

Ivanov, recobrando su seguridad, gritó, blandiendo los puños en el aire:

—¡Pues es evidente! Su pedido de huevos de serpiente y avestruz ha sido enviado a la granja, mientras que a usted le han traído los huevos de gallina.

—Dios mío… Dios mío … —balbució Pérsikov con el rostro lívido dejándose caer sobre el taburete giratorio.

Pankrat, que había permanecido rígido junto a la puerta, se quedó completamente pálido y aturdido por el terror. Ivanov se levantó de un salto, cogió el periódico, e incidiendo con la uña en el encabezamiento, le gritó al oído al profesor:

—¡La que se va a armar ahora! No quiero ni imaginarme lo que va a pasar. Escuche, Vladímir Ipátievich. —Y el ayudante se puso a leer en voz alta el primer párrafo que se le presentó a la vista de aquella página arrugada—: «Las serpientes avanzan en bandadas en dirección a Mozhaisk, poniendo cantidades increíbles de huevos. También se han encontrado huevos en la región de Dujovschina… Han aparecido cocodrilos y avestruces. Unidades especiales del ejército, en colaboración con varios destacamentos de la Dirección Nacional de Seguridad, han logrado poner fin al pánico que reinaba en la ciudad de Viazma, para lo cual se vieron obligados a incendiar los bosques que la rodean, deteniendo de esta manera el avance de los reptiles…».

Pérsikov, con los ojos desorbitados y el rostro lívido, se levantó del taburete y gritó con voz ahogada:

—¡Una anaconda! ¡Una anaconda! ¡Una constrictor! ¡Dios mío!

Ni el ayudante Ivanov ni Pankrat jamás habían visto al profesor en semejante estado.

Pérsikov se arrancó de un tirón la corbata y abrió el cuello de la camisa, haciendo saltar todos los botones. Con el rostro amoratado de un apoplético y los ojos fijos y vidriosos, huyó súbitamente del despacho, tambaleándose.

—¡Anaconda, anaconda-a-a! —Su grito estentóreo fue resonando por los pasillos del instituto.

—¡Ve a buscar al profesor! —gritó Ivanov a Pankrat, el cual, aterrado, daba saltos en el mismo sitio sin saber hacia dónde correr—. ¡Trae agua! ¡Le va a dar un ataque de apoplejía!

# 11

## Lucha y muerte

Aquella noche la luz eléctrica resplandecía con frenesí en Moscú. En el interior de los pisos todas las lámparas estaban encendidas y con las pantallas quitadas, de modo que no quedaba un solo rincón sin iluminar. En toda la ciudad, que contaba con una población de cuatro millones de habitantes, no había una sola persona que durmiese, a excepción de los niños más pequeños, inconscientes criaturas. En las casas, la gente comía lo que podía y cuando podía. Se oían gritos, exclamaciones, y a cada instante se asomaban por las ventanas rostros desencajados para mirar al cielo, surcado en todas direcciones por los luminosos haces de los reflectores. Allá arriba, en la oscuridad del cielo, surgían de vez en cuando blancos fogonazos que arrojaban unos pálidos conos de luz sobre la ciudad, para volver a desaparecer instantáneamente. Todo el cielo parecía trepidar con el estruendo de los aviones que pasaban volando muy bajo. En la calle Tverskaya-Yamskaya, sobre todo, reinaba una confusión terrible. A la estación de Alexandrovski, situada en dicha calle, cada diez minutos llegaban trenes, compuestos por vagones de mercancías y de pasajeros de todo tipo, e incluso de vagones cisterna, todos ellos con racimos humanos colgando por doquier. La multitud enloquecida corría, como un torrente, por la calle Tverskaya-Yamskaya, trepaba a los techos de los tranvías, asaltaba los autobuses, pisoteaba a los caídos, moría aplastada bajo las ruedas. En la estación misma se oían frecuentes disparos: los destacamentos del ejército disparaban al aire para refrenar el pánico y detener la avalancha humana que venía huyendo, aterrada, de la provincia de Smolensk a Moscú, siguiendo la línea del ferrocarril. Aquí y allá se oían saltar con estrépito los cristales de las ventanas; las locomotoras pitaban sin cesar. Las calles estaban sembradas de carteles pisoteados, otros seguían pegados a las paredes e iluminados por la luz roja de los reflectores. Ya nadie se detenía para leerlos, pues su contenido era de sobra conocido. Se hacía saber que Moscú se hallaba bajo la ley marcial, que todo intento de provocar el pánico sería severamente castigado, que varios destacamentos del ejército, armados de gases, se dirigían a la provincia de Smolensk. Pero no había carteles capaces de acallar los gritos de terror de aquella noche. En sus hogares, la gente corría atropelladamente de un lado a otro, reduciendo a añicos la vajilla que se les caía de las manos, tropezando con los muebles, haciendo y deshaciendo bultos y maletas, con la vana esperanza de poder llegar a la plaza de Kalanchevskaya, donde se encontraban las estaciones de Yaroslavski y Nikolaievski. Pero todas las estaciones del norte o del este estaban acordonadas por nutridas hileras de infantería. De allí partían, traqueteando con un ruido de cadenas, enormes camiones cargados hasta los topes de cajones que contenían las reservas de oro del Ministerio de Finanzas, junto con enormes cajas, con la inscripción: GALERÍA TRETIAKÓVSKAYA. MANIPULAR CON CUIDADO. Encima de los cajones iban sentados soldados de infantería, con sus cascos puntiagudos y sus bayonetas caladas que asomaban en todas direcciones. Por todo Moscú iban y venían coches en una carrera alocada y estrepitosa.

En el cielo nocturno se veía el reflejo de un lejano incendio y se oía el retumbar de los cañones, que hacían vibrar la densa negrura de una noche de agosto.

No se apagaron las luces en las casas, ni durmieron sus habitantes. Al romper el día, retumbaron los adoquines de las calles con el avance de una columna de varios miles de soldados de caballería, que lo barrían todo a su paso, obligando a la gente a cobijarse precipitadamente en los portales y huecos de los escaparates, al punto de hacer saltar las lunas. Las puntas encarnadas de las capuchas de los soldados oscilaban rítmicamente sobre el fondo gris de sus capotes, y las lanzas parecían pinchar el cielo. La muchedumbre, enloquecida y vociferante, recobró los ánimos al ver aquella columna de soldados avanzar en perfecto orden en medio de aquella locura desatada. Desde las aceras se alzaron vítores y gritos de esperanza.

—¡Viva nuestra caballería! —gritaron frenéticas algunas voces femeninas.

—¡Viva! —repitió un coro de hombres.

—¡Que nos aplastan! ¡Ay! —se oyó gritar a alguien, desesperado.

—¡Socorro! —chillaron en las aceras.

Cajetillas de tabaco, relojes y monedas de plata volaron por los aires en dirección a la columna de caballería. Algunas mujeres bajaron a la calzada, corriendo el riesgo de ser pisoteadas por los caballos, y caminaron agarradas a los estribos para besar a los jinetes. En medio del estrépito de los cascos, se oía de vez en cuando la orden del jefe de una sección:

—¡Acorten la brida!

En algún lugar brotó una alegre y atrevida canción y a la luz parpadeante de los anuncios siguieron pasando los jinetes sobre sus monturas, con los gorros rojos ladeados. En medio de ellos, interrumpiendo aquella columna de jinetes de rostro despejado, cabalgaban unos extraños jinetes con la cara cubierta por una máscara siniestra, de la que salían unos tubos de goma conectados en la espalda a unos balones sujetos con correas. Tras ellos, circulaban lentamente unos enormes camiones cisterna con toda clase de mangueras y tubos a cual más largo, como los que usan los bomberos. Seguidamente, triturando con su peso los adoquines, llegaron los tanques pesados sobre sus ruedas de oruga, con estrechas arpilleras en sus cabinas blindadas. Intercalados en las columnas de jinetes, pasaron numerosos automóviles, blindados de igual modo de arriba abajo, con idénticos tubos asomando por doquier y unas calaveras blancas pintadas en sus costados, con la inscripción JUNTA DEL GAS.

—¡Salvadnos, hermanos! —gritaba la muchedumbre desde las aceras—. ¡Salvad a Moscú! ¡Matad a esos monstruos!

La gente lanzaba insultos contra aquellos malvados. Las cajetillas de cigarrillos volaban en el aire iluminado de la noche. Los jinetes sonreían a la multitud enloquecida desde lo alto de sus caballos. Una canción surgió entre las filas, tímida y sobrecogedora:

*Ni as, ni reina ni jota,*
*sin dudar, mataremos a las bestias,*
*y no hará falta siquiera el comodín.**

Un grito atronador de «¡Hurra!» recorrió a la multitud al extenderse el rumor de que a la cabeza de la columna, como un jinete más, marchaba el jefe de la división, un bravo militar envejecido y encanecido por el paso del tiempo cuyo nombre, diez años antes, se había hecho legendario. La multitud prorrumpió en vítores, y su propio eco, al retumbar en el aire, parecía calmar los ánimos encogidos por el pánico.

El edificio del instituto estaba débilmente iluminando. Los disturbios callejeros llegaban hasta allí como confusos y apagados ecos. En cierto momento se oyeron unas descargas de fusil, procedentes del picadero, donde fueron fusilados en el acto unos saqueadores, a los que habían cogido en flagrante delito mientras desvalijaban una casa. El tráfico rodado por las calles era escaso, pues se concentraba principalmente alrededor de las estaciones. En el despacho

* Versión de La Internacional en tono de chanza, muy conocida en la Unión Soviética. (*N. de la T.*)

del profesor tan solo una lámpara vertía un débil haz luminoso sobre la mesa. Pérsikov, sentado junto a la mesa con la cabeza apoyada en las manos, permanecía en silencio, entre capas de humo que flotaban a su alrededor. El rayo rojo estaba apagado. Las ranas de los terrarios también permanecían en silencio, pues era la hora de dormir. El profesor seguía sentado, sin leer, sin hacer nada. Su codo izquierdo aprisionaba una hoja del periódico vespertino que publicaba una serie de telegramas. En ellos, se comunicaba que la ciudad de Smolensk estaba envuelta en llamas, y que la artillería bombardeaba por sectores todo el bosque de Mozhaisk, con el objeto de destruir las enormes cantidades de huevos de cocodrilo depositados en los barrancos y lugares húmedos. En las cercanías de Viazma, las escuadrillas de la aviación actuaban con enorme eficacia, regando toda la comarca con gases, pero las pérdidas de vidas humanas en todo el territorio eran incalculables, porque la población, presa del pánico, en lugar de evacuar ordenadamente la comarca, se había dispersado en pequeños grupos, huyendo cada cual por donde podía, por su cuenta y riesgo. Se decía también que una división especial de caballería del Cáucaso, que luchaba en las proximidades de Mozhaisk, había obtenido una brillante victoria sobre las bandadas de avestruces, pues había acabado con todas ellas y destruido enormes cantidades de huevos. La división había sufrido muy pocas bajas. El Gobierno hizo saber que, en caso de no poder ser detenido el avance de los reptiles a una distancia de doscientos kilómetros de la capital, esta sería inmediatamente evacuada y que los empleados de oficinas y los obreros de las fábricas debían conservar la calma. Además, tomaría las medidas más drásticas para evitar que se repitiera el lamentable caso de la ciudad de Smolensk, donde la súbita aparición de varios miles de serpientes de cascabel había desencadenado tal pánico que la gente huyó de las casas dejando las estufas encendidas, lo cual provocó un incendio general en la ciudad y el éxodo masivo y desesperado de sus habitantes. Se comunicaba también que Moscú disponía de reservas alimenticias para un plazo de medio año, como mínimo, y que el Estado Mayor del Ejército estaba tomando medidas urgentes para blindar las puertas y ventanas de las viviendas, por si llegaban a producirse ataques por parte de esos monstruos en las propias calles de la ciudad, en el caso de que el Ejército Rojo y la aviación no lograsen detener la avalancha de reptiles.

Pero el profesor, con la mirada vidriosa clavada en el vacío, fumaba de manera incesante y no leyó nada de eso. Además del profesor, tan solo quedaban otras dos personas en todo el edificio del instituto: Pankrat y Maria Stepánovna, el ama de llaves. Esta, hecha un mar de lágrimas, llevaba ya tres noches sin pegar ojo y sin salir del despacho del profesor, quien se negaba rotundamente a abandonar la única cámara que le quedaba, con su rayo mágico apagado. Maria Stepánovna se había acurrucado en el sofá tapizado de plástico, en un rincón oscuro del despacho, y desde allí, sumida en tristes pensamientos, observaba silenciosamente cómo empezaba a hervir la tetera colocada sobre el trípode de un quemador, con el té para el profesor. El silencio reinaba en el instituto y todo ocurrió de la manera más inesperada.

Súbitamente, de la calle llegaron unas voces roncas cargadas de odio. Maria Stepánovna se levantó de un salto, lanzando un chillido de espanto. En la calle se movían inquietas algunas luces cuando en el vestíbulo se elevó la voz de Pankrat. El profesor no prestó demasiada atención a todo aquel barullo. Levantó un instante la cabeza, murmurando: «Están como locos... ¿Qué puedo hacer yo?», y cayó de nuevo en un estado letárgico. Pero su tranquilidad fue turbada por un terrible estruendo. La muchedumbre estaba aporreando la puerta de hierro forjado que daba a la calle de Herzen, haciendo estremecer las paredes del edificio. En el despacho vecino se oyó el estrépito de cristales rotos, e instantes después, en el despacho de Pérsikov, un adoquín gris irrumpió por la ventana y fue a dar en la mesa de cristal, haciéndola añicos. Las ranas de los terrarios saltaban desesperadas de un lado a otro, armando un gran griterío. Maria Stepánovna se estremeció y empezó a chillar. Se precipitó hacia el profesor y, cogiéndolo de las manos, le suplicó: «¡Corra, huya, Vladímir Ipátievich!». Pérsikov se levantó del taburete giratorio y se enderezó. Por un instante sus ojos recobraron su brillo vivaz, que recordaba al animoso profesor Pérsikov de otros tiempos, y su índice se dobló formando el característico gancho.

—No me moveré de aquí —resolvió Pérsikov—. Esto es absurdo. Esta gente se ha vuelto loca... ¿Adónde ir, si todo Moscú está desquiciado? Y, por favor, deje ya de dar gritos. ¿Qué tengo que ver yo con todo eso? ¡Pankrat! —llamó el profesor, y pulsó el botón del timbre.

Evidentemente, el profesor quería que Pankrat pusiese fin a toda aquella agitación, cosa que siempre le había molestado. Pero Pankrat ya no podía hacer nada. A fuerza de ser aporreada, la puerta del instituto cedió y se abrió. Entonces se oyó el lejano petardeo de unos disparos y el edificio se llenó de gritos, estruendo de cristales rotos y pisadas de cientos de pies. Maria Stepánovna, agarrada del brazo de Pérsikov, intentó arrastrarlo, llevárselo de allí. Pero Pérsikov logró desasirse de ella, se enderezó, alzó la cabeza y salió al pasillo vestido con su bata blanca.

—¿Qué ocurre? —preguntó.

La puerta se abrió de par en par y apareció de espaldas un militar con galones y una estrella roja en la manga izquierda. El militar iba retrocediendo, sin dejar de disparar contra la multitud enfurecida que irrumpía por la puerta. Al no poder contenerla por más tiempo, el militar echó a correr, gritando al pasar junto a Pérsikov:

—¡Póngase a salvo, profesor! ¡Ya no puedo hacer nada más!

Maria Stepánovna soltó un agudo chillido al oír dichas palabras. El militar pasó veloz al lado de Pérsikov, que permaneció inmóvil, blanco como una estatua, y desapareció en el extremo opuesto del pasillo oscuro y tortuoso. La muchedumbre irrumpió como una avalancha por la puerta, lanzando gritos:

—¡Golpeadlo! ¡Matadlo!

—¡Es un asesino!

—¡Tú soltaste a todos esos bichos!

Gentes con los rostros desencajados por la ira y las ropas hechas jirones invadieron el pasillo. Se oyó un disparo y en diversos lugares aparecieron garrotes blandidos en el aire. Pérsikov retrocedió y cerró la puerta que conducía a su despacho, donde, arrodillada en el suelo y medio muerta de espanto, permanecía Maria Stepánovna. El profesor extendió los brazos, como un crucificado, intentando cerrar el paso a la multitud, mientras gritaba enfurecido:

—¡Estáis completamente locos! ¡Parecéis un hatajo de animales salvajes! ¿Qué queréis? ¡Fuera de aquí! —Y concluyó la frase con un chillido penetrante, que tan familiar les era a sus allegados—: ¡Pankra-a-at! ¡Échalos de aquí!

Pero Pankrat no podía ya echar a nadie. El pobre Pankrat yacía inerte en el suelo del vestíbulo, con la cabeza machacada a golpes, el cuerpo pisoteado y destrozado. Incesantes oleadas humanas irrumpían por la puerta, corrían por el vestíbulo, haciendo caso omiso a los disparos de la policía procedentes de la calle.

Un hombre pequeño, de piernas torcidas como las de un mono, con la chaqueta y la camisa hechas trizas, se adelantó a la masa general. Corrió hacia Pérsikov y de un solo garrotazo, terrible y preciso, le partió el cráneo. Pérsikov se tambaleó y empezó a caer sobre un costado, murmurando por última vez:

—Pankrat… Pankra-at…

Maria Stepánovna, que era completamente inocente, fue asesinada y despedazada en el despacho del profesor. La cámara donde ya no ardía el rayo mágico fue hecha añicos, así como el terrario. Las pobres ranas, que saltaban por el suelo enloquecidas de terror, fueron pisoteadas y machacadas hasta que no quedó una. Las mesas de cristal y los reflectores fueron hechos pedazos. Una hora después el instituto estaba envuelto en llamas. En la calle, protegidos por un destacamento de policía armada de pistolas eléctricas, yacían los cadáveres de las víctimas. Los coches de los bomberos, con sus potentes mangueras, lanzaban chorros de agua a las ventanas del edificio, de donde salían silbando largas lenguas de fuego.

# 12

## Un dios gélido *ex machina*

En la noche del 19 al 20 de agosto de 1928 cayó una helada inaudita jamás vista ni recordada por los hombres más viejos del país. El frío se mantuvo dos días, llegando hasta los dieciocho grados bajo cero. Los aterrados habitantes de Moscú cerraron precipitadamente puertas y ventanas. Solo al final del tercer día la gente comprendió que había sido precisamente la helada lo que había salvado de la terrible catástrofe la capital y los ilimitados territorios gobernados por ella, sobre los que se había abatido la espantosa calamidad acaecida en 1928. La caballería, que había perdido tres cuartas partes de sus hombres luchando en Mozhaisk, estaba agotada, y las escuadrillas de aviación provistas de gases eran incapaces de detener a los reptiles, que, avanzando desde el sur, sudoeste y oeste, iban cerrando cada vez más su terrible cerco en torno a Moscú.

La helada acabó con todos ellos, pues aquellos monstruosos animales no fueron capaces de resistir durante dos días los dieciocho grados bajo cero. Después del 20 de agosto, cuando la helada remitió, dejando la tierra empapada, el aire húmedo y las hojas verdes muertas sobre los árboles, ya no quedaban monstruos contra los que luchar. La catástrofe había llegado a su fin, aunque los bosques, campos e inmensos pantanos todavía estaban sembrados de huevos con la cáscara cubierta de dibujos exóticos y multicolores, que un día Fatalov, desaparecido sin dejar el menor rastro, calificó de «porquería». Pero esos huevos eran ya completamente inofensivos, pues sus embriones estaban muertos.

Inmensas extensiones de tierra quedaron durante largo tiempo sembradas de innumerables cadáveres de cocodrilos y serpientes en descomposición traídos al mundo por aquel rayo mágico que un día surgió en un despacho de la calle Herzen, bajo la atenta mirada de un científico genial. Ya no entrañaban peligro alguno. Aquellas criaturas de los pantanos tropicales, calurosos y pútridos, eran demasiado frágiles para resistir la helada. En dos días perecieron todas, dejando un hedor insoportable en tres provincias, a causa de la descomposición y la putrefacción.

En consecuencia, se inició un largo periodo de epidemias y enfermedades, debidas a los cadáveres de animales y personas en avanzado estado de descomposición. El ejército tuvo que cambiar sus equipos de gas por los de zapadores y utilizar sistemas de petróleo y mangas de riego para desinfectar la tierra. Tanto las epidemias como los trabajos de desinfección duraron mucho tiempo, pero por fin, en la primavera de 1929, todo había concluido.

Al llegar la primavera, Moscú volvió a su torbellino de luces, colores y movimiento. Los automóviles se deslizaban nuevamente por sus calles y la luna creciente, con forma de hoz, volvía a iluminar la gran cúpula del templo de Cristo.

En el lugar del antiguo Instituto de Zoología de dos pisos, destruido por el fuego en agosto de 1928, se alzaba un nuevo edificio dedicado al mismo propósito, para cuya dirección había sido nombrado el licenciado Ivanov. Pero Pérsikov ya no estaba allí. Nunca más surgió ante los ojos de la gente el dedo doblado en forma de gancho, ni se volvió a oír su voz, algo chirriante, pero convincente. Mucho se habló en el mundo entero del rayo rojo y de la catástrofe de 1928, pero poco a poco la memoria del profesor Vladímir Ipátievich Pérsikov se fue cubriendo con la neblina del olvido, hasta que se extinguió, de la misma manera que se extinguió el rayo rojo descubierto por él en una noche de abril. Nadie pudo reproducir aquel rayo, a pesar de que el refinado caballero Piotr Stepánovich Ivanov, ahora profesor, lo intentó más de una vez. La primera cámara fue destrozada por la muchedumbre enfurecida la noche del asesinato de Pérsikov. Las otras tres cámaras, instaladas en la granja colectiva El Rayo Rojo, ardieron en el transcurso de la batalla entablada entre las escuadrillas de la aviación y los reptiles. Aunque aquella combinación de lunas y espejos reflectores de luz parecía muy sencilla, nunca más se volvió a lograr, a pesar de los denodados esfuerzos de Ivanov. Evidentemente, para obtener el rayo era preciso algo más que los conocimientos científicos corrientes, algo especial que solo poseía una persona en el mundo: el difunto profesor Vladímir Ipátievich Pérsikov.